ORÁCULO DE BOLSO E ARTE DA PRUDÊNCIA

BALTASAR GRACIÁN

ORÁCULO DE BOLSO E ARTE DA PRUDÊNCIA

Tradução e notas
Adriana Junqueira Arantes

MARTIN CLARET

Prefácio

Sobreviver em tempos de conflito

María de la Concepción Piñero Valverde*

"Viver é muito perigoso", dizia o Riobaldo, de Guimarães Rosa. E aqui temos um livro que quer ajudar a viver com um pouco menos de perigo: *El Arte de la Prudencia*, de Baltasar Gracián (1601-1658).

O autor sabia do que falava, pois perigos não faltaram em sua vida. Nascido em uma Espanha esgotada pelas guerras, Gracián ainda jovem se tornou sacerdote na Companhia de Jesus. Trabalhou como professor, reitor de colégio, capelão do exército e pregador popular. Em 1636 conheceu um intelectual, Juan de Lastanosa, dono de vasta biblioteca e patrocinador de escritores. Foi ele quem estimulou Gracián a escrever e foi também quem custeou seu primeiro livro, *El*

---

* Professora aposentada de Literatura Espanhola da Universidade de São Paulo. É autora de *Poesia e fronteira no Poema de Mio Cid* (São Paulo, CEMOrOc/EDF-FEUSP e Factash Editora, 2010); *Memória e ficção: o Castelo de Teresa e outros temas ibero-americanos* (São Paulo, CEMOrOc/EDF-FEUSP e Factash Editora, 2008). 'Cosas de España' *em Machado de Assis e outros temas hispano-brasileiros* (São Paulo, Giordano, 2000); *Don Juan Valera y Brasil: un encuentro pionero* (Sevilla, Qüásyeditorial, 1995).

Héroe (1637), retrato do que hoje chamaríamos de "líder". Desde esta obra, publicada sob o nome de seu irmão Lorenzo, Gracián recorreu muitas vezes ao pseudônimo, para esquivar-se aos censores de sua ordem religiosa.

Seus livros seguintes, *El Político* (1640) e *El Discreto* (1646), dedicam-se a descrever outros modelos de comportamento em sociedade. No campo da política, a figura que o inspirou foi o rei Fernando de Aragão, que, com Isabel de Castela, governava a Espanha na época da viagem de Colombo As páginas de *Agudeza y arte de ingenio* (1648) retomam e ampliam obra semelhante, que Gracián publicara em 1642. Nelas se reúnem normas para a elaboração e expressão de reflexões originais e brilhantes. Como se sabe, Gracián, com seu contemporâneo Quevedo, foi um dos grandes mestres dos chamados "conceitos", sentenças concisas e surpreendentes, tão apreciadas na literatura barroca que deram nome a uma de suas principais tendências estilísticas, o "conceitismo".

Foi com *El Criticón*, segundo a opinião de muitos, que Baltasar Gracián criou sua obra-prima. Publicado em três partes, entre 1651 e 1657, este romance mostra Critilo que, ao naufragar, encontra numa ilha um aborígene, ao qual dá o nome de Andrenio e a quem ensina o que sabe, a começar pela linguagem. Os dois fazem mais tarde uma longa viagem pela Europa, ocasião de conhecerem e criticarem a organização e os costumes das sociedades que percorrem.

A obra de Gracián teve ampla repercussão na cultura ocidental: Critilo é nome que reaparece no Brasil colonial, com as *Cartas Chilenas*; o tema do encontro do náufrago com o homem "primitivo" foi retomado em *Robinson Crusoe*, de Daniel Defoe; o contraste entre o "civilizado" e o "bom selvagem" reapareceria em Rousseau. No século XIX, Schopenhauer (1788-1860) descobriu em Gracián, reflexões que lhe pareceram antecipar o pessimismo de suas ideias. O filósofo alemão afirmava que *El Criticón* era "um dos melhores livros do mundo" e foi tradutor de *El Arte de la Prudencia*, contribuindo para a difusão europeia da obra.

Os "conceitos" espalhados pelas obras de Gracián costumam formular-se em aforismos ou máximas acerca da vida e do mundo, cuja densidade nem sempre se deixa captar por uma leitura apressada. Destas sentenças breves e penetrantes, e de muitas outras que depois criou, o escritor, estimulado por seu mecenas, coligiu as que pudessem servir de lições de sobrevivência em uma sociedade cheia de conflitos e incertezas. Surgiu assim a obra que agora lemos, *Oráculo Manual y Arte de Prudencia* (1647).

Já observamos que não faltaram perigos a quem viveu entre guerras, intrigas políticas da corte, e até atritos com os superiores religiosos (pouco tempo antes da morte, o escritor pediu em vão para sair da Companhia de Jesus). Tudo isso lhe havia mostrado como pode ser arriscada a convivência humana, muitas vezes dominada pelo engano das aparências. Como é frequente entre os escritores barrocos, Gracián encara a sociedade com pessimismo, julgando-a incapaz de concórdia permanente. Assim, para sobreviver, é necessária a "prudência", entendida aqui não tanto como virtude moral, mas como habilidade, "arte", que pode e deve ser aprendida. O grande interesse suscitado fez com que a obra logo fosse traduzida para o francês e depois para muitas outras línguas.

Não faltavam livros anteriores que ensinavam a enfrentar desafios sociais. Para falarmos do Renascimento, escritores como o italiano Baldassar Castiglione, com *Il Cortegiano* (que recebeu na Espanha a magistral tradução de Boscán, *El Cortesano*), já tratavam de como tornar-se bem aceito nos complexos ambientes de corte. O próprio Maquiavel, com *O príncipe*, encarando com pessimismo as relações sociais, dava lições de habilidade e força para os que pretendessem conquistar o poder. Em *El Arte de la Prudencia*, segundo alguns críticos (como, entre nós, Otto Maria Carpeaux) haveria reminiscências de Maquiavel. Certo é que na Espanha do tempo de Gracián, o escritor florentino era muito conhecido, mas sempre contestado. Quevedo, por exemplo, com *Política de Dios y gobierno de Cristo*, opõe ao maquiavelismo o ideal cristão de governo. Gracián também se afasta de Maquiavel, não só porque seu pessimismo é suavizado pela abertura ao transcendente, mas porque o intuito de *El Arte de la Prudencia* não é o ataque, não é a conquista do poder. O que Gracián pretende ensinar é a defesa. Seu intuito é ajudar os que se sentem ameaçados pela ambição alheia, é ensinar a praticar a "arte" de conseguir escapar das emboscadas dos adversários no convívio social. Também por isso seu público é diferente do de Castiglione: este escrevia para a aristocracia das pequenas cortes italianas, enquanto *El Arte de la Prudencia*, surgido na época das grandes monarquias absolutas, tem público muito mais vasto: os leitores de sociedades em transformação, nas quais a expansão ultramarina criava novas formas de riqueza e de poder.

Permanecem neste nosso século XXI as lutas entre organizações políticas mundiais, a concorrência entre empresas e, como sempre, os conflitos profissionais e pessoais. Isto é o que tem levado a uma redescoberta de *El Arte de la Prudencia*, conselheiro precioso para os que precisem sobreviver com o mínimo de riscos em tempos turbulentos. O leitor "discreto" (como diria Gracián) saberá achar nestas páginas um tesouro de observações que o ajudarão a enfrentar os conflitos com serenidade e lucidez. Mas dizia também Gracián que "*lo bueno, si breve, dos veces bueno. Y aun lo malo, si poco, no tan malo*". Encerremos, então, estas considerações e vamos, sem mais, à leitura de sua obra.

Oráculo de Bolso e Arte da Prudência, retirado dos aforismos presentes nas obras de Lorenço Gracián.

Publica-o Dom Vincencio Juan de Lastanosa e o dedica ao Excelentíssimo Senhor Dom Luis Méndez de Haro, Conde Duque.

Com licença. Impresso em Huesca, por Juan Nogués. Ano de 1647.

Aprovação do Padre M. Fr. Gabriel Hernández, catedrático de Teologia da Universidade de Huesca, da Origem de Santo Agostinho

Vi, por ordem do Ilustre Senhor Doutor Gerónimo de Arasqüés, Cônego da Santa Igreja de Huesca, Oficial Eclesiástico e Vigário Geral de seu Bispado, este livro intitulado *Oráculo de Bolso e Arte da Prudência*, tirado das *Obras* de Lorenço Gracián, que publica dom Vincencio Juan de Lastanosa. Admirei em tão pouco corpo tanta alma. É uma quintessência da mais recôndita prudência, que já não se alimentam de outra os sábios. Veem-se aqui, de uma só vez, todas as obras desse autor e se cada uma de por si é um prodígio, todas aqui em deliberação farão delas cifra. Sempre tive por difícil a Arte da Prudência, mas quem soube encontrar regras para a agudeza pôde encarregar preceitos à sensatez. Não tem nada contra nossa Santa Fé; antes, é um espelho da razão, moderna maravilha de acertos. Nem é penhasco aos costumes cristãos, senão um discreto realce das ações, em quem o engenho admira o que o juízo alcança. Este é o meu parecer. No convento do Nosso Padre Santo Agostinho de Huesca, 11 de março de 1647.

Frei Gabriel Hernández

Vista a Aprovação do Padre M. Frei Gabriel Hernández, damos licença a que se imprima o *Oráculo de bolso e Arte da Prudência*.

Doutor Gerónimo Arasqüés
Vigário Geral Oficial

Aprovação do Doutor Juan Francisco Andrés, Cronista do Reino de Aragão.

Li atentamente, por ordem do Ilustríssimo Senhor Dom Miguel Marta, do Conselho de sua Majestade e seu Regente na Real Chancelaria de Aragão, os aforismos que publica Dom Vincencio Juan de Lastanosa das obras, impressas e manuscritas, de Lorenço Gracián; diligência que merece não somente a permissão de sua estampa, mas aplausos e admirações. Por isto, e porque não se opõem às regalias do Rei Nosso Senhor, podem dar-se à prensa. Assim o sinto, em Zaragoza, 24 de março, 1647.

Doutor Juan Francisco Andrés

Excelentíssimo Senhor,

Não tanto solicita este oráculo prudencial o amparo de Vossa Excelência quanto a sua autoridade; não à fortuna, ainda que grande, senão o merecimento, que é maior. Pretende não parecer impossível em cópia de preceitos, à vista de seu original em execuções. Resume todas as virtudes de um homem e decifra as que em Vossa Excelência venerou e, daquela que foi primeiro admiração, faz arte. Seja escusa de seu altivo destino aos pés de Vossa Excelência a que foi lisonja ao grande macedônio. Apresentavam-lhe privilégio de seu Cidadão os da Culta Corinto e parecendo ridículo o serviço ao Conquistador de todo o mundo, douraram o feito com estas palavras: que com nenhum haviam usado daquele gênero de obséquio, senão com Hércules e com ele. Seja escusa que estas *Obras* a ninguém as consagrei, senão ao Rei Nosso Senhor, ao Príncipe e a Vossa Excelência, a quem suplico com propriedade universal. De acordo.

Dom Vincencio Juan de Lastanosa.

Fé de erratas.*

---

* As correções encontram-se incorporadas ao texto.

Ao leitor

Nem ao justo leis, nem ao sábio conselhos; mas nenhum soube suficientemente para si. Uma coisa me hás de perdoar e outra agradecer: o chamar *Oráculo* a este compêndio de acertos do viver, pois o é no sentencioso e no conciso; o oferecer-lhe um traço de todos os doze Graciáns, tão estimado cada um, que "*El Discreto*" somente foi encontrado na Espanha quando alcançou a França, traduzido em sua língua e impresso em sua Corte. Sirva este memorial à razão no banquete* dos sábios, em que registre os pratos prudenciais que se servirão nas demais obras para distribuir o gosto de forma sensacional.

---

* Referência a *O Banquete*, de Platão.

ORÁCULO DE BOLSO E ARTE DA PRUDÊNCIA

Retirado dos aforismos presentes nas obras de Lorenço Gracián

1 – Tudo tem o seu lugar e o ser virtuoso, o mais alto.

Mais se requer hoje para um sábio que antigamente para sete; e mais importa para tratar com um só homem nestes tempos que com todo um povo nos passados.

2 – Gênio e Engenho.[1]

Os dois eixos para fazer-se admirável: um sem o outro, meia felicidade. Não basta o entendido, deseja-se o genial. Infelicidade do imprudente: errar a vocação no estado, ofício, região, amigos.

---

[1] Engenho é um conceito retórico de grande magnitude ao longo do século XVII. Conforme se vê no *Oráculo* e também em *O Discreto*, Baltasar Gracián entende por gênio as disposições e inclinações particulares de cada um, a substância de cada um. Já o engenho, conforme assinalou Victor Boullier, engloba uma infinidade de qualidades — naturais ou adquiridas — do entendimento ou da inteligência, tais como: juízo, raciocínio, habilidade prática e conhecimentos variados. Sua presença é constante nesta obra.

3 – Realizar tuas coisas com suspense.

A admiração do inesperado é a estima dos acertos. Jogar a descoberto não é útil nem de bom gosto. O não declarar-se logo cria suspense, e mais onde a importância do cargo dá objeto à expectativa; faz ver mistério em tudo, e assim provocarás a veneração. Ainda no dar-se a entender se há de fugir de toda clareza, e não permitir a todos perscrutar teu interior. É o recatado silêncio sagrado da lucidez. A resolução declarada nunca foi estimada; antes se permite a censura, e se sai desacertada será duas vezes infeliz. Imite-se, pois, o proceder divino para alcançar a atenção e o desvelo.

4 – O saber e a coragem se alternam na grandeza.

Porque são imortais, levam à imortalidade; és o quanto sabes, como o sábio tudo pode. Homem sem saber, mundo às escuras. Percepção e força, olhos e mãos. Sem coragem é estéril a sabedoria.

5 – Criar a dependência.

Não faz o ídolo quem o doura, senão quem o adora: o sagaz mais quer necessitados de si que agradecidos. É roubar toda esperança o fiar do agradecimento, pois o que aquela tem de boa memória tem este de esquecido. Mais se tira da dependência que da cortesia: dá de ombros à fonte o satisfeito, e a laranja espremida cai do ouro ao lodo. Acabada a dependência, acaba a correspondência, e com ela a estima. Seja lição em experiência, entretê-la, não satisfazê-la, conservando sempre em necessidade de si, até ao coroado patrão. Mas não se há de chegar ao excesso de calar para que errem, nem fazer incurável o dano alheio para proveito próprio.

6 – O homem em sua perfeição.

Não se nasce pronto: vai-se a cada dia aperfeiçoando a pessoa, em sua arte, até se chegar ao ponto do consumado ser, ao complemento de virtudes, ao cume. Conhecer-se está no gosto elevado, no purificado do engenho, no maduro do juízo, na limpeza da vontade. Alguns nunca chegam a ser plenos, sempre lhes falta algo; tardam outros em fazer-se. O homem consumado, sábio no dizer, sensato em feitos, é admitido e ainda desejado do singular trato dos discretos.

7 – Escusar as vitórias de teus superiores.

Todo vencido odeia quem venceu. Sempre a superioridade foi incômoda, ainda mais quando a tem de reconhecer o teu superior! Deves dissimular as vantagens, como desmentir a beleza com desalinho. Fácil é encontrar quem reconheça em outro melhor caráter, mas no engenho nenhum, quanto mais um soberano! É este o atributo-rei, e assim qualquer crime contra ele será lesa Majestade. São soberanos e querem sê-los no que é mais. Gostam de ser ajudados os príncipes, mas não superados. Assim, quando o aconselhes, faz como se fosse por mera lembrança e não por sua incapacidade de ver. Os astros nos ensinam tal sutileza: são filhos e brilham sem desafiar a luz do sol.

8 – Não ceder às paixões.

Qualidade do mais alto ânimo. Sua superioridade o redime da sujeição a peregrinas e vulgares impressões. Não há maior senhorio que o de si mesmo, de seus afetos, que chega a ser triunfo do arbítrio. E quando a paixão te ocupe não te atrevas a atuar, e ainda menos quando esta for importante: culto modo de economizar desgostos e manter a reputação.

9 – Desmentir os defeitos de teu país.

As águas absorvem as qualidades boas ou más dos veios por onde passa, e o homem as do ambiente em que nasce. Uns devem mais, outros menos, às suas pátrias, pois lhes coube ali mais favorável céu. Não há nação que escape de algum original defeito: mesmo as mais cultas, que censuram as demais, ou para cautela ou para consolo. Vitoriosa destreza corrigir ou pelo menos ocultar as deficiências: consegue-se com isto o plausível crédito, pois o que se via como defeito se converte em virtude. Há também enfermidades da soberba, do estado, do emprego e da idade, que se coincidem todos em um sujeito e com a atenção não se previnem, fazem um monstro intolerável.

10 – Fortuna e fama.

O que tem de inconstante uma, tem de firme a outra. A primeira para viver, a segunda para posteridade; aquela contra a inveja, esta contra o esquecimento. A fortuna se deseja e talvez se auxilie, a fama se diligencia. O desejo de reputação nasce da virtude. É a fama irmã da grandeza: anda sempre por extremos, monstros ou prodígios, para abominação ou aplauso.

11 – Aproximar-te daqueles com quem possas aprender.

Seja o amigável trato escola de erudição e o diálogo ensinamento culto. Faz dos amigos mestres, penetrando o útil do aprender com o gosto do conversar. A fruição dos entendidos alterna-se: quem diz obtém o aplauso com que é recebido, e quem ouve obtém o ensinamento. O que nos leva ao outro é a conveniência, aqui realçada. Frequenta as casas daqueles que amam mais o heroísmo que a vaidade. Há homens tidos por ponderados que, além de oráculos de toda grandeza e bom trato, também se rodeiam de pessoas de galante discrição.[2]

---

[2] Conceito retórico de grande importância para o Homem do período Barroco, que implica juízo, ponderação. Sua presença é constante nesta obra.

12 – Natureza e arte; matéria e construção.

Não há beleza sem ajuda, nem perfeição que não dê em bárbara sem o realce do artifício; ao mal socorre e ao bem aperfeiçoa. Deixa-nos comumente à sorte a natureza, acolhamo-nos na arte. O melhor natural é inculto sem ela, e lhes falta metade às perfeições se lhes falta cultura. Todo homem é tosco sem o artifício e há necessidade de polir-se em toda ordem de perfeição.

13 – Agir com intenção.

Milícia é a vida do homem contra a malícia do homem. Luta a sagacidade com estratagemas de intenção. Nunca opera conforme indica, aponta a um objetivo para deslumbrar; golpeia o ar com destreza, mas executa o imprevisto, atento sempre a desmentir. Lança uma intenção para assegurar-se da atenção e muda de posição, vencendo pelo impensado. Mas a penetrante inteligência se previne com atenção e cautela, entende sempre o contrário do que se quer que entenda e nota logo qualquer intento falso, deixa passar toda primeira intenção, e está à espreita da segunda e ainda da terceira. Aumenta-se a simulação ao ver seu artifício descoberto, e engana com a própria verdade. Muda o jogo por mudar de ardil e funda sua astúcia na candidez. Atua com observação cuidada, e descobre as trevas revestidas de luz; decifra a intenção, tanto a mais oculta quanto a mais singela. Igual quando combatem a quentura de Píton contra a neve dos penetrantes raios de Apolo.[3]

14 – A REALIDADE E A FORMA.

Não basta a substância, requer-se também a circunstância. Tudo gasta um mau modo, até a justiça e a razão. O bom tudo supre: doura o *não*, adoça a verdade e enfeita a velhice. Tem grande parte nas coisas o *como*, e é pedra angular do gosto. O bem portar-se é a elegância do viver, e leva tudo ao bom termo.

15 – CERCAR-SE DE GENTE DE ENGENHO.

Felicidade de poderosos acompanharem-se de pessoas de sabedoria que tirem de todo ignorante aperto, que ajudem a lutar contra a dificuldade. Singular grandeza servir-se de sábios, o que supera a Tigranes,[4] que usava os rendidos reis como criados. Novo gênero de senhorio, o fazer servos dos que a natureza dotou para dirigir. Há muito que saber, e é pouco o viver, e não se vive se não se sabe. É, pois, singular destreza estudar sem esforço, e o alcança ouvindo muito de muitos, sabendo por todos. Diz depois, em um conselho, falando por muitos, e pela boca de muitos falam os sábios que o aconselharam.

---

[3] Mitologia greco-romana. Apolo tão logo nasceu atacou a serpente Píton e matou-a com suas flechas e, em comemoração à vitória obtida, estabeleceu os jogos Pítios.

[4] Tigranes, o Grande. Rei da Armênia. Também chamado de Tigranes II, nasceu em 140 a.C.

Consegues assim o crédito de oráculo com esforço alheio. Estuda àqueles primeiro e te servirá depois em quintessência o saber. Se não podes fazer servidão do saber, busca então que esteja a teu lado.

16 – Saber com nobre intenção.

Assegura fecundidade de acertos. Monstruosa violência foi sempre um bom entendimento casado com a má vontade. A intenção malévola é o veneno da perfeição e, auxiliada pelo saber, maldiz com maior sutileza. Pobre da excelência que se emprega em ruindade! Ciência sem siso, loucura em dobro.

17 – Variar os modos de agir.

Nem sempre de um modo, para que não o percebam de antemão; assim deslumbras a atenção e estimulas a curiosidade. Nem sempre de primeira intenção, pois perceberão a uniformidade, prevenindo e frustrando as ações. Fácil é matar o voo da ave de perene rota, e não a que volteia. Nem sempre de segunda intenção, que lhe entenderão duas vezes os ardis. Espreita a malícia; grande sutileza é necessária para vencê-la. Nunca move a peça esperada e menos a que deseja o seu contrário.

18 – Aplicação e Minerva.[5]

Não há superioridade sem ambas, e se concorrem, excedem. Mais consegue o mediano com aplicação que o superior sem ela. Compra-se a reputação a preço de trabalho; pouco vale o que pouco custa. Ainda para o ofício mais simples se deseja aplicação: raras vezes o desmente o gênio. Não ser superior no ofício vulgar por querer ser mediano no sublime, é escusa de generosidade. Pior contentar-se com ser mediano em alto posto, podendo ser excelente no mediano. Requerem-se, pois, natureza e arte, e a aplicação a arremata.

19 – Não criar expectativas.

O que é muito celebrado antes, não alcança depois a expectativa. Nunca o real pode alcançar o imaginado, porque o fingirem-se as perfeições é fácil e muito difícil consegui-las. Casa-se a imaginação com o desejo e concebe sempre muito mais do que as coisas realmente são. Por maiores que sejam as qualidades, não bastam para satisfazer o conceito e como se encontra enganado com exorbitante expectativa, mais causa decepção que admiração. A esperança é grande falsificadora da verdade: corrija-a com prudência, procurando que seja a fruição superior ao desejo. Atribui um pouco de crédito para despertar a curiosidade, não para empenhar o objeto. Melhor

---

[5] Deusa romana da sabedoria. Equivalente à deusa grega Atena.

sai quando a realidade excede ao conceito e é mais do que se previu. Não vale esta regra no mau: a ele cobrirá o aplauso, quando chegue a parecer tolerável o que se temeu extremadamente ruim.

20 – Cada homem tem seu momento.

Os sujeitos extraordinários dependem dos tempos. Nem todos tiveram o que mereciam e muitos, ainda que o tivessem, não acertaram alcançá-lo. Foram dignos alguns de melhor século, que nem todo o bem triunfa sempre. Têm as coisas a sua vez, até as qualidades dependem do uso. Mas leva uma vantagem o sábio: é eterno, e se este não é seu século, muitos outros o serão.

21 - Arte para ter sorte.

Regras há para a ventura, que nem toda é acaso para o sábio; conta com o esforço. Contentam-se alguns de se pôr às portas da fortuna e esperam que ela aja. Mais sábios outros, passam adiante e valem-se da prudente audácia, pois nas asas da sua virtude e coragem podem dar alcance ao triunfo e receber seus benefícios. Mas, bem filosofado, não há outro arbítrio senão o da virtude e atenção, porque não há mais dita nem mais desdita que prudência ou imprudência.

22 – Cultivar a boa conversa.

É ferramenta de discretos a fina erudição: um prático saber de todo o corrente, mais ao informativo, menos ao vulgar. Ter frases espirituosas e comportamento galante sabendo empregá-los em boa ocasião. Melhor às vezes uma nota de humor que o grave magistério. A sabedoria na conversação valeu mais a alguns que as sete artes, ainda que tão liberais.

23 – Evitar a má reputação.

A sina da perfeição. Poucos vivem sem alguma falha, assim na moral como no natural, e podem curá-la com facilidade se procuram pelo lado bom que têm. O alheio juízo lastima que às vezes a uma sublime universalidade ocorra por um mínimo defeito, basta uma nuvem para eclipsar todo um Sol. São sombras da reputação para onde logo repara a malevolência. Suma destreza seria convertê-las em realces. Deste modo soube Cesar[6] laurear a natural deselegância.

24 – Moderar a imaginação.

Umas vezes corrigindo-a, outras a ajudando. A felicidade dela depende, e ainda ajusta a sensatez. Às vezes tirana, não se contenta com a especulação, mas age e se assenhoreia da vida, fazendo-a fácil ou difícil segundo o tipo de imprudência a que chegue, fazendo-nos descontentes ou satisfeitos de nós mesmos. Representa para uns desgosto, sendo o algoz dos tolos.

---

[6] *Caius Julius Caesar*. General romano. Foi um ditador (no conceito romano) e sua morte, em 44 a.C., pôs fim ao período republicano em Roma, iniciando-se, em seguida, o período conhecido como Império Romano.

A outros propõe felicidade e aventuras com alegre desvanecimento. Tudo isto, se não a enfrenta a prudentíssima vigilância.

25 – BOM ENTENDEDOR.

Um dia foi a arte das artes o saber discursar. Já não basta, preciso é intuir e mais em desenganos. Não chegará a ser entendido o que não for intuitivo. Há adivinhos do coração e linces das intenções. As verdades que mais nos importam chegam sempre a meio dizer; receba-as com atenção para bem compreender. Se favorável, crê nela; se odiosa, desconfia e ataca.

26 – DESCOBRIR O PONTO FRACO DE CADA UM.

É a arte de mover vontades. Consiste mais em destreza que em resolução de saber por onde se há de entrar em cada um. Não há vontade sem especial afeição, e diferentes, segundo a variedade do gosto. Todos são idólatras: uns estima, outros interesse, outros ainda, por deleite. A manha está em conhecer os ídolos para motivar, dirigindo cada um ao que desejas: é como ter a chave do querer alheio. Procura descobrir a motivação primeira, que nem sempre é elevada, as mais das vezes é diminuta, porque são mais no mundo os desordenados que os subordinados. Há de se conhecer o caráter primeiro, tocar-lhe com palavras e depois exaltar a afeição que infalivelmente dará xeque-mate ao arbítrio.

27 – Mais qualidade que quantidade.

Não consiste a perfeição na quantidade, mas na qualidade. Todo o muito bom sempre foi pouco e raro, e é descrédito o muito. Ainda entre os homens, os gigantes costumam ser os verdadeiros anões. Alguns estimam os livros pela corpulência, como se escrevessem para exercitar antes os braços que os engenhos. A extensão sozinha nunca pôde exceder a mediocridade e é praga humana querer abraçar tudo, abraçando nada. A intensidade dá sabedoria, e o alto espírito sublime substância.

28 – Em nada vulgar.

Não no gosto. Oh, grande sábio o que se descontentava de que suas coisas agradassem a muitos! Fartura de aplauso comum não satisfaz aos ponderados. São alguns tão camaleões por alcançar a popularidade que põem sua fruição não nas marés suavíssimas de Apolo, senão no sopro vulgar. Que o entendimento não se deixe levar pelo vulgo, que não passa de aparência. Admirando a ignorância comum desengana-se a observação singular.

29 – Homem de inteireza.

Esteja sempre do lado da razão, com tal gana de teu propósito, que nem a paixão vulgar, nem a violência tirana o obriguem jamais a ultrapassar a linha da razão. Mas, quem será esta Fênix da equidade, que tem pouca segurança de sua inteireza? Celebram-na muitos, seguem-na poucos, até desafiar o perigo. Os falsos a negam, os políticos a dissimulam. Não teme contrariar a amizade, o poder e ainda que conveniente, sente-se tentação em deixá-la. Manipulam-na os astutos com argumentos plausíveis para não ofenderem a razão superior ou de Estado, mas o firme homem julga traição o dissimulo, tem mais apreço pela tenacidade que pela sagacidade. Situa-te onde a verdade se encontra: se te deixam outros, não será por inconstância tua, senão dos que deixam a verdade primeiro.

30 – Não fazer profissão de ocupações desautorizadas.

Ainda menos do quimérico, que serve mais para o desprezo que para o crédito. São muitas as flechas do capricho, e de todas há de fugir o homem sensato. Há gostos exóticos, que se casam sempre com tudo aquilo que os sábios repudiam. Evita viver com o que te dá mais fama pelo riso que pela reputação. Ainda exibindo sabedoria, evita afetação, atenção pública e exposição ao ridículo que te conduza ao descrédito.

31 – Escolher os afortunados e evitar os fracassados.

A infelicidade é resultado da torpeza daqueles que a acompanham e não há contágio tão pegajoso. Nunca há de se abrir a porta ao menor mal, que sempre virão com ele outros muitos e maiores de emboscada. A melhor manha do jogo é saber descartar: mais importa a menor carta do trunfo que corre que a maior do que passou. Na dúvida, acerto é chegar aos sábios e prudentes, que tarde ou cedo topam com a ventura.

32 – Ter boa disposição para os demais.

Para os que governam, grande benefício o de agradar: realce dos soberanos para conquistar a graça universal. Só esta é a vantagem do mandar: poder fazer melhor que todos. Fazem amizades os que são amigos. Ao contrário, estão outros ocupados em desagradar, não tanto pelo oneroso quanto pelo maligno, opostos em tudo à divina comunicabilidade.

33 – Saber abster-se.

Que se é grande lição do viver o saber negar, maior será saber negar a si mesmo, nos negócios ou questões pessoais. Há ocupações viciosas, traças do precioso tempo, e pior é ocupar-se do pernicioso que não fazer nada. Não basta para a correção não ser intrometido, mas procurar que não te intrometam. Não se há de ser tão de todos, que não seja de si mesmo. Ainda dos amigos não se há de abusar, nem queira mais deles que o que concederem. Todo o demasiado é vicioso, e muito mais no trato. Com esta prudente temperança se conserva melhor o agrado com todos, e a estima, porque não se roça a preciosíssima decência. Tenha, pois, liberdade de gênio, entusiasmo pelo seleto, e nunca peque contra a fé do teu bom gosto.

34 – Conhecer teu atributo maior.

O dom relevante cultivando aquele e ajudando os demais. Qualquer um alcança a excelência em algo se descobre ser essa sua vocação. Observa teu atributo superior e redobra a aplicação: em uns excede o juízo, em outros o valor. A maioria violenta sua Minerva, e assim em nada conseguem superioridade: o que lisonjeia rápido a paixão desmente o tempo.

35 – Ponderar tudo com cuidado.

E mais o que importa mais. Não pensando se perdem todos os ignorantes: nunca concebem nas coisas sequer a metade; e como não notam dano ou conveniência, tampouco aplicam diligência. Fazem alguns muito caso do que importa pouco e pouco do que importa muito, ponderando sempre ao revés. Coisas há que se deveria observar com toda a reflexão e conservar na profundidade da mente. Faz o sábio conceito de tudo, se desvela onde necessita fundura e reparo; e pensa talvez que haja mais do que se entreviu, de sorte que chega a reflexão aonde não chegou a apreensão.

36 – Averiguar a sorte.

Para poder agir e empenhar-se. Tolo quem pede saúde a Hipócrates[7] e a Sêneca[8] prudência. Grande arte sabê-la reger, esperando-a e alcançando-a, que é caprichosa e de difícil controle. O que a observou favorável que prossiga com desembaraço, que a ventura costuma apaixonar-se pelos ousados e pelos jovens. Se não te chegou a fortuna, não ajas; retira-te sem dar lugar à duas infelicidades. Se te chegar a fortuna, siga adiante.

37 – Conhecer e saber usar as insinuações.

É o ponto mais sutil do trato humano. Usa-se para perscrutar os ânimos e penetrar com sagacidade o coração. Há insinuações maliciosas, ousadas, tocadas pela erva da inveja, untadas do veneno da paixão: raios imperceptíveis que derrubam a graça e a estima. Muitos se sentiram feridos por superiores ou subalternos, por uma pequena palavra, a quem toda uma conjuração de murmúrio vulgar e maledicência singular não puderam causar a mais leve trepidação. Outras palavras, ao contrário, são favoráveis, apoiando

---

[7] O grego Hipócrates dedicou sua vida às questões da saúde; por isso, é considerado o pai da medicina.
[8] Lúcio Aneu Sêneca nasceu em Córdoba em 4 a.C. Cidadão romano, é considerado uma das mais célebres figuras de pensamento da Roma Imperial. Sua obra é modelo do pensamento estoico renascentista, referindo-se, este, à arte de bem conduzir a vida, mostrando-se indiferente ao toque da sensibilidade e das paixões.

e confirmando a reputação. Mas, com a mesma destreza com que se atira a intenção, as há de receber a cautela e esperá-las a atenção, porque se livra do tiro aquele que está prevenido.

38 – Permanecer enquanto te sorri a fortuna.

O bom jogador mantém a reputação. Tanto importa uma elegante retirada como o bom estilo de uma acometida. Considera bem as tuas façanhas, sabendo se suficientes ou muitas. Continuada felicidade foi sempre suspeita, mais segura é a interpolada, e que tenha algo de agridoce, ainda para a fruição. Quanto maior o salto, maior o risco da queda. Recompensa-se talvez a brevidade da sorte com a intensidade dos momentos. Cansa-se a fortuna de levar as costas tão à larga.

39 – Conhecer as coisas em seu ápice, em seu tempo e tirar os melhores frutos.

As obras da natureza todas chegam ao auge de sua perfeição. Até ali foram ganhando, a partir dali perdendo. As obras de arte, quando concluídas, alcançam o seu cume. É mostra de bom gosto gozar cada coisa em seu auge: nem todos podem, nem todos os que podem sabem. Até nos frutos do entendimento há este ponto de amadurecimento; importa conhecê-lo para a estima e o proveito.

40 – Da graça das pessoas.

Muito é conseguir a admiração comum, ainda mais a afeição; algo tem de estrela, o mais de indústria; começa por aquela e prossegue por esta. Não basta a perfeição nas qualidades, ainda que se suponha fácil ganhar o afeto ganhando a reputação. Requer-se pois, para a benevolência, a beneficência: fazer o bem a todos, as boas palavras e os melhores artefatos, amar para ser amado. A cortesia é o maior feitiço político dos grandes personagens. Alarga a mão primeiro às façanhas e depois às plumas, da folha às folhas, que há graça de escritores, e é eterna.

41 – Nunca exagerar.

Não fales por superlativos, seja por não faltar com a verdade, seja por não desabonar a lucidez. São os exageros excessos da estima e dão mostra de pequenez do conhecimento e gosto. O elogio desperta curiosidade e desejo, e depois, se não corresponde o valor do apreço, volta-se a expectativa contra o engano, menosprezando o celebrado e quem o celebrou. É o prudente comedido, e mais peca por escassez que por excesso. São raros os grandes gênios, mas todos podem ter temperança. O exagerar é parte do mentir, e perde-se nele o crédito do bom gosto e da sabedoria.

42 – Da liderança natural.

É uma secreta força de superioridade. Não vem do artifício, senão da espontaneidade. Submetem-se todos sem saber como, reconhecendo seu secreto vigor. São estes gênios senhores, reis por mérito e leões por privilégio inato, que alcançam o coração, as palavras e a fé dos demais. Se outras qualidades os favorecem, são modelos de políticos, porque executam mais com um gesto que outros com mil atos.

43 – Sentir como poucos e falar como muitos.

Remar contra a maré leva tanto ao desengano como ao perigo. Só um Sócrates[9] poderia fazê-lo. Toma-se por agravo a discordância, porque é condenar o juízo alheio. Multiplicam-se os desgostosos, seja pelo sujeito censurado, seja do que aplaudia. A verdade é de poucos, o engano é tão comum como vulgar. Não conhecerás o sábio pelo que ele diz na praça, pois não fala ali com sua voz, mas com a do senso comum, por mais que a esteja desmentindo seu interior. Tanto foge de ser contradito o prudente como de contradizer: ao discordar de uma ideia, não a reveles tão prontamente. O sentir é livre, não se pode nem se deve violentar. Retira-te ao silêncio sagrado dos sábios, aproximando-te de poucos e prudentes.

44 – Simpatia com os grandes homens.

É virtude do herói ajustar com heróis: misterioso e benéfico é o prodígio da natureza. Há parentesco de corações e de gênios, e são os seus efeitos os que

---

[9] Grande filósofo ateniense. O fato de divergir daqueles que detinham o poder político em Atenas custou-lhe a vida.

a ignorância vulgar credita ao oculto. A proximidade entre os superiores é propensão natural baseada na mútua estima: persuade sem palavras e sem argumentar por seus méritos. Há simpatias ativas e passivas; uma e outra feliz, quanto mais sublime. Grande destreza conhecê-las, distingui-las e sabê-las alcançar, que não há nada que supere este grande segredo.

45 – Usar, e não abusar, da premeditação.

Não deves manifestá-la e menos ainda dar a entender. Toda arte se há de encobrir, pois desperta suspeita, e mais a ocultas, que é odiosa. Usa-se muito o engano; multiplique-se o receio, sem dar a conhecer, que ocasionaria a desconfiança. Uma vez revelado provoca a vingança, desperta o mal que não se imaginou. A reflexão no proceder é de grande vantagem; não há maior argumento do discurso. A maior perfeição das ações está afiançada no senhorio com que se executam.

46 – Corrigir sua antipatia.

Costumamos abominar alguns antes de conhecer-lhes as qualidades. E talvez ocorra esta vulgar aversão nos homens superiores. Corrija-se pela prudência, que não há pior descrédito que abominar aos melhores: o que é de vantagem a simpatia com heróis é de deficiência a antipatia.

47 – Fugir dos conflitos.

É dos primeiros assuntos da prudência. Os mais capazes sempre se põem à distância de cair em situações problemáticas. Há grande distância entre o prudente e o conflituoso, e a prudência divide ambos. É tentação do juízo, mais seguro fugir-lhe que vencer-lhe. Um conflito traz outro ainda maior e está muito próximo da ruína. Há homens que, por caráter ou criação, são fáceis de meter-se em confusões. Mas o que caminha à luz da razão sempre está acima de tal debilidade. Sabe o prudente que não cair em conflitos é melhor que vencê-los. Ao ver um tolo cair em pelejas, cuida para que não sejam dois.

48 – Com grandeza interior se é pessoa melhor.

Vale mais o interior que o exterior em tudo. Sujeitos há só de fachada como casas por acabar, porque faltou capital: têm a entrada de palácio, e a choça por habitação. Com a primeira saudação se acaba a conversação, pois se esgotam as palavras onde não há perenidade de conceito. Enganam estes facilmente outros também superficiais; mas não o cuidadoso, que como olha por dentro, os encontra esvaziados em sua tonta fábula.

49 – Homem de juízo e observação.

Este assenhoreia-se dos objetos, não os objetos dele. Sonda logo o mais profundo; de tudo faz anatomia com perfeição. Em vendo alguém, o compreende e avalia sua essência. Observador, é grande decifrador da mais oculta interioridade. Arguto, percebe o sutil, infere com juízo: tudo descobre, nota, aprende, compreende.

50 – Nunca perder o respeito a si mesmo.

Não escarneça consigo a sós. Seja sua mesma inteireza norma própria de tua retidão, e deva mais à severidade de teu parecer que a todos os extrínsecos preceitos. Deixe de fazer o indecente mais pelo temor de sua prudência que pelo rigor da alheia autoridade. Chegue a temer-se e não necessitarás do preceptor imaginário de Sêneca.

51 – Homem de boas escolhas.

Delas depende tua vida. Supõe o bom gosto e o reto parecer, que não bastam o estudo nem o engenho. Não há perfeição onde não há discernimento. Duas vantagens inclui: poder escolher, e o melhor. Muitos de engenho fecundo e sutil, de juízo arguto, estudiosos e sábios também, ao escolher, se perdem: se enredam com o pior amarrando-se ao erro. O bom discernimento é dádiva dos deuses.

52 – Nunca se descompor.

Grande assunto da prudência é nunca perder a calma. Assim se comportam os grandes homens, porque a magnanimidade é difícil de abalar. São as paixões os humores do ânimo, e qualquer excesso nelas causa indisposição da prudência; e se o mal sair à boca, em perigo estará a reputação. Seja, pois, tão senhor de si, e tão grande, que nem no mais próspero, nem no mais adverso possa alguém acusar-te de perturbado, e sim admirar-te o dom superior.

53 – Diligente e inteligente.

A diligência executa rápido o que a inteligência calma-mente pensou. É paixão de tolos a pressa: como não descobrem o fundamento, agem sem preparo. Ao contrário, os sábios costumam pecar por minuciosos, posto que do observar nasce o preparar. Malogra talvez a eficácia, a lentidão em demasia. A presteza é mãe da sorte. Muito fez quem nada deixou para amanhã. Augusta empresa é correr sem pressa.

54 – Paixão e sensatez combinadas.

O leão morto até as lebres atacam. Não há troça com a coragem. Cedendo ao primeiro também haverá de ceder ao segundo, e deste modo até o último. Se a mesma dificuldade haverás de vencer mais tarde, mais valeria tê-la vencido prontamente. O ímpeto da mente é mais poderoso que o do corpo. É como a espada: há de ir sempre embainhada na prudência, pronta para a ocasião. É o resguardo da pessoa: mais dana a decadência do ânimo que a do corpo. Muitos tiveram qualidades superiores, mas por faltar-lhes este sopro do coração, pareceram mortos e acabaram sepultados porque não foi sem providência que a natureza, solícita, uniu a doçura do mel e o picante do ferrão da abelha. Nervos e ossos há no corpo: não seja o ânimo todo brandura.

55 – Homem que sabe esperar.

O sofrimento estende o coração. Nunca apressar-se nem apaixonar-se. Seja o homem primeiro senhor de si, e o será depois dos outros. Caminha com calma até alcançar a ocasião propícia. O passo prudente tempera os acertos e madura os segredos. O apoio do tempo é mais poderoso que a férrea clave de Hércules.[10] Deus não castiga com bastão, senão com a razão. Grande dito: "o tempo e eu somos dois". A fortuna premia quem espera.

56 – Ter bons repentes.

Nascem de uma feliz prontidão. Não há apertos nem acasos para ela, graças à sua vivacidade e desembaraço. Alguns pensam muito para errar tudo depois, e outros acertam tudo sem pensá-lo antes. Aos providos de força contrária, as dificuldades o fazem melhor: gênios do improviso, tudo erram em pensar; o que não lhes ocorre logo, nunca ocorrerá. São dignos os ligeiros, porque demonstram prodigiosa capacidade: nos conceitos, sutileza; nas obras, prudência.

57 – O pensamento traz solidez.

Penses rápido se assim pensas bem. O que logo se faz logo se desfaz. Mas o que há de durar uma eternidade, há de tardar outra em fazer-se. Não se atende senão à perfeição e só o acerto permanece.

---

[10] Personagem mitológico conhecido por sua força.

O entendimento profundo alcança eternidades. O que muito vale, muito custa, que ainda o mais precioso dos metais é o mais lento e mais grave.

58 – Ter moderação.

Não se há de mostrar todo conhecimento a todos, nem empregue mais forças do que as que são necessárias. Não haja desperdícios, nem de sabedoria, nem de coragem, porque o bom caçador não dá mais impulso à presa do que requer a captura. Não ostentes todos os dias, que logo não te admirarão. Reserve novidades com as quais possa brilhar para que te descubram. Mantém sempre a expectativa sem chegar a desvendar todos os teus recursos.

59 – Homem de bom arremate.

Em casa de fortuna, quem entra pela porta do prazer sai pela do pesar. Procura mais cuidado na felicidade da saída que no aplauso da entrada. Desalinho comum é de afortunados terem muito favoráveis os princípios e muito trágicos os fins. Não está o ponto no vulgar aplauso da entrada, mas sim no da saída, posto que sejam raros os eleitos. A fortuna é assim: simpática com os que vêm e descortês com os que vão.

60 – Bons pareceres.

Nascem alguns naturalmente prudentes: entram com esta vantagem da sabedoria, e assim têm a metade andada para os acertos. Com a idade e a experiência, vem arrazoar-se de todo a razão, e chega a um juízo muito temperado. Então abandona o homem o capricho, considerando-o tentação da prudência, e mais em matérias de estado, onde pela suma importância se requer a total segurança. Merecem estes o governo do timão, para exercício ou para conselho.

61 – SUPERIORIDADE NAQUILO QUE MAIS IMPORTA.

Especial singularidade entre todas as perfeições. Não pode haver herói que não tenha algo de sublime: as medianias não são assunto de aplauso. A superioridade do comportamento nos tira da vulgaridade ordinária, alçando-nos à categoria de raro. Ser superior em profissão humilde é ser algo no pouco; o que tem mais do deleitável, tem menos do glorioso. Ser avantajado no que é superior eleva à soberania: produz admiração e conquista afetos.

62 – ATUAR COM BONS INSTRUMENTOS.

Querem alguns basear sua grandeza na inferioridade dos seus instrumentos: perigosa satisfação, merecedora de fatal castigo. Nunca a bondade do servidor diminuiu a grandeza do patrão; antes, toda a glória dos acertos do mandado recai depois sobre o mandante, tal como a censura em caso de fracasso. A fama sempre vai com os primeiros. Nunca se diz: "aquele teve bons ou maus ministros", senão "aquele foi bom ou mau artífice". Haja, pois, eleição e exame, que lhe haverão de fiar a imortalidade da reputação.

63 – A vantagem de ser o primeiro.

E se com superioridade dobrada, melhor. Quem sai na frente, ainda que em igualdade, apresenta vantagem. Alçam-se os primeiros com anterioridade à fama, e fica para os segundos a mera imitação dos anteriores. Prodígio da vida inventar rumo novo para a realização das coisas, com tal que se assegure primeiro a prudência e o comedimento. Da novidade dos assuntos se fizeram grandes os sábios. Preferem alguns ser os primeiros na segunda categoria que ser os segundos na primeira.

64 – Saber evitar desgostos.

É prudência proveitosa economizar os desgostos. A prudência evita muitos: é Luciana[11] da felicidade e do contentamento. Não dar e menos ainda receber as más notícias: haverão de se vedar as entradas, para o que não há remédio. A alguns satisfaz ouvir o doce da lisonja; a outros, o amargo das intrigas; e há quem não saiba viver sem algum cotidiano pesar, como Mitrídates[12] sem veneno. Tampouco procures por um pesar vitalício por dar prazer ao outro, ainda que muito querido. Nunca peques contra tua própria felicidade ainda que para comprazer a *outrem*. Se para fazeres um bem a outro necessitas fazer um mal a ti

---

[11] Gracián emprega o termo "Luciana" como sinônimo de alvorada e em função do seu radical latino — *lux*/luz.

[12] Diz a lenda que este ambicioso rei e conquistador, com medo de ser assassinado, costumava envenenar-se em pequenas doses para assim adquirir resistência.

mesmo, pensa que é melhor desgostar o outro agora que a ti mesmo depois e sem remédio.

65 – Gosto elevado.

Exige cultivo, assim como o engenho. Com ele aprendes a controlar o apetite de desejar e depois o deleite de possuir. Conhece-se a grandeza de um homem pela elevação do seu gosto. Os pratos sofisticados são para os grandes paladares, como as matérias sublimes para os sublimes gênios. O bom gosto é de herança, mas também se adquire com o trato. Mas não se há de fazer profissão de desagradar-se de tudo, que é tolice extrema, e mais odiosa quando por afetação que por destemperança. Quiseram alguns que criasse Deus outro mundo e outras perfeições para satisfação de sua extravagante fantasia.

66 – O que importa é que as coisas saiam bem.

Alguns põem mais o olhar sobre a forma de fazer as coisas que na felicidade de lograr o que se busca, porém mais reconhecimento ganha quem alcança, do que a forma com a qual alcançou. Quem triunfa não necessita dar satisfações. Não percebe a maioria a exatidão das circunstâncias, senão os bons ou os maus acontecimentos; e assim, nunca se perde reputação quando se consegue o intento. O bom fim a tudo embeleza, ainda que o desmintam os desacertos dos meios. É arte contrariar as regras para se chegar a bom termo.

67 – Ocupar-se de atividades louváveis.

A maioria das coisas depende da satisfação alheia. A admiração alheia pelas virtudes é como o vento para as flores: alento e vida. Há ocupações que gozam da aclamação universal e há outras, ainda que maiores, que mal se notam: aqueles, por obrar-se à vista de todos, captam a benevolência comum; estes, ainda que possuam mais do raro e do primoroso, permanecem no segredo, imperceptíveis: venerados, mas não aplaudidos. Entre os príncipes, os vitoriosos são os celebrados, e por isso os Reis de Aragão[13] tiveram êxito e fama. O homem destacado prefere as célebres ocupações para que todos percebam e participem, para que assim fique imortalizado.

68 – Ensinar.

Mais vale ensinar que fazer memorizar. Umas vezes se há de recordar e outras de observar. Deixam alguns de fazer as coisas oportunamente, porque não lhes ocorreu; que ajude então o ensinamento amigável a alcançar o discernimento das coisas. Uma das maiores vantagens de uma mente com sabedoria é o oferecer a solução oportuna. A falta disto deixa para trás os acertos. Dê luz quem a tem e solicite-a quem a necessite; aquele com prudência, este com atenção. É sutileza necessária quando há algo em jogo. Convém mostrar o jogo quando a sutileza não bastar. Se já se tem o *não*,

---

[13] Jaime I, o Conquistador; Alfonso V, o Magnânimo; e Pedro III, o Grande.

que se vá em busca do *sim* com destreza, que a maioria das vezes não se consegue porque não se tenta.

69 – Não se render aos maus humores.

Homem grande o que nunca se sujeita a impressões passageiras. Muito vale que reflitas sobre si: conhecer sua disposição a cada momento para preveni-la, e ainda decantar-se para encontrar, entre o natural e a arte, o fiel da balança. Para corrigir-se é indispensável conhecer-se. Os monstros da impertinência são caprichosos, variam de ânimo de acordo com eles e, arrastados eternamente desta destemperança, se contradizem. São excessos que debilitam a vontade, alteram o juízo e perturbam o querer e o compreender.

70 – Saber negar.

Nem tudo se há de conceder, nem a todos. É tão importante quanto o saber conceder; e nos que governam é atenção urgente. O segredo está em como o fazer: mais se estima o *não* de alguns que o *sim* de outros, porque um *não* dourado satisfaz mais que um *sim* sem viço. Há muitos que sempre têm na boca um *não*, com o que tudo mal dispõem. O *não* é sempre o primeiro neles e ainda que depois tudo o venham a conceder, não se estima, porque precedeu aquela primeira má disposição. Nunca negue de roldão as coisas, que chegue pouco a pouco o desengano. Nem se há de negar tudo, que seria pôr fim à dependência. Fiquem sempre algumas relíquias de esperança para que temperem o amargo do negar. Que a cortesia encha o vazio do negado e supram as boas palavras a falta de obras. O *não* e o *sim* são breves de dizer, mas pedem muito pensar.

71 – Não ser desigual, de proceder contraditório.

Nem por temperamento, nem por afetação. O homem ajuizado sempre foi o mesmo em tudo e por isso ganha o crédito de sábio. Dependa sua eventual mudança de sólidas causas e grandes méritos. Em matéria de bom senso, a variedade desagrada. Há alguns que cada dia são outros de si; até o entendimento tem desigual, quanto mais a vontade. O que ontem foi o branco de seu *sim* é hoje o negro de seu *não*, desmentindo sempre seu próprio crédito, confundindo o conceito alheio.

72 – Homem de decisão.

Menos daninha é a má resolução que a irresolução. Não se gastam tanto as matérias quando correm, como quando estancam. Há homens indecisos que necessitam de promoção alheia em tudo; e não porque sejam estúpidos, mas inseguros. Costumam ser desagradáveis as grandes dificuldades, mas pior é não encontrar saída aos pequenos inconvenientes. Há outros que em nada se embaraçam, de juízo grande e determinado; nasceram para sublimes ocupações porque sua aberta compreensão facilita o acerto e o despacho: acham tudo tão fácil que rapidamente fazem um mundo, sobrando-lhe tempo para fazer outro. E quando estão afiançados de sua sorte, se empenham com mais segurança.

73 – Saber usar evasivas.

É o desempenho dos sensatos. Com um esmerado galanteio costumam sair do mais intrincado labirinto. Furtam-se o corpo com um triunfal sorriso à mais difícil contenda. Nisto fundava o maior dos grandes capitães seu valor. Cortês artifício do negar a situação, mudando a conversa, por não dar-se por inteirado.

74 – Não ser intratável.

Entre os humanos estão as feras verdadeiras. É a inacessibilidade vício de quem não conhece a si próprio e que muda de humor conforme a honraria. Não é aborrecendo os outros de início que se alcança a estima, que tem de bom o monstro intratável sempre a ponto de sua ferocidade impertinente? Os que estão sob seu comando, por sua desgraça, sentem como se lidassem com tigres. Vão tão armados de zelo como de receio. Os intratáveis, para ascender, agradaram a todos e alcançando o posto desejado, igualmente destratam a todos. O melhor castigo: ser-lhes indiferente.

75 – Escolher modelos superiores.

Mais para a emulação que para a imitação. Há exemplares de grandeza, animados de reputação. Procura ser dos primeiros em tua profissão. Aspira mais a alcançar a excelência que a competir. Lutou Alexandre[14] não para superar Aquiles[15] sepultado, senão a si mesmo em sua glória nascente. Não há coisa que anime mais a ambição que o clarim da fama alheia. O mesmo que aterra a inveja, alenta a generosidade.

76 – Não zombar todo o tempo.

Por sua prudência se conhece o homem sério, que tem mais prestígio que o irreverente. Os que sempre debocham nunca são homens de verdade. Igualam-se aos mentirosos por não se poder atribuir crédito ao que dizem: uns pela possibilidade da mentira, outros pelo seu escárnio. Nunca se sabe quando falam seriamente, não despertam confiança. Não há maior falta de graça que o gracejo contínuo. Ganham fama de espirituosos e perdem o crédito de sensatos. Momentos há para ser jovial, todos os demais que predomine o sério.

---

[14] Alexandre, o Grande: o mais célebre dos conquistadores da Antiguidade Clássica, jamais derrotado em suas campanhas militares, e que pereceu aos trinta e três anos em consequência de alguma enfermidade contagiosa.

[15] Tal como figura na mitologia grega, era o melhor e mais belo entre os guerreiros que participaram da Guerra de Troia. Aquiles é o herói que protagoniza a *Ilíada* homérica.

77 – Ser adaptável.

Discreto Proteu:[16] com o douto, douto, e com o santo, santo. Grande arte de ganhar a todos, porque a identificação com o outro concilia benevolência. Observar os gênios e temperar-se ao de cada um. Ao sério e ao jovial, seguir-lhes a corrente com polidez: urgente aos que dependem. Requer esta sutileza do viver grande capacidade. É menos difícil ao homem de universal conhecimento e bom gosto.

78 – Arte no tentar.

A tolice sempre entra de roldão, que todos os tolos são audazes. Sua simplicidade, que lhes impede ver a insensatez, igualmente os impede de se incomodar com o ridículo. Mas o sensato entra com toda cautela. São seus escudos a advertência e o recato, abrindo caminho para o proceder sem perigo. Todo arrojo está condenado pela discrição à perdição, ainda que talvez o absolva a ventura. Convém nadar com cuidado em águas muito fundas: que a sagacidade estude o percurso e ganhe terra a prudência. Há grandes vazios hoje no trato humano: convém sempre sondar o ambiente.

---

[16] Na mitologia grega, deus marinho, pastor de rebanhos de Poseidon, possuidor do dom da premonição. Contudo, Proteu só divulgava suas visões àqueles que pudessem e soubessem conviver com o conhecimento *a priori* do destino.

79 – Gênio Jovial.

E, se moderados, constitui virtude e não defeito. Um pouquinho de graça tudo ilumina. Os maiores homens manejam a disposição de espírito, que concilia a graça universal; mas guardando sempre os ares da sensatez e fazendo ressalva ao decoro. Fazem outros da graça um atalho para o desempenho, que há coisas que se hão de levar na brincadeira e outras não. Uma graça inteligente adoça corações.

80 – Atenção ao que te contam.

Vive-se muito de informação. Pouco vemos; vivemos da fé alheia. É o ouvido a segunda porta da verdade e a primeira da mentira. A verdade com mais frequência se vê do que se ouve. Raras vezes chega em estado puro e menos quando vem de longe. Sempre traz algo de misto, dos afetos por onde passa; tinge de suas cores a alternância da paixão, às vezes odiosa, às vezes favorável. Tende a impressionar: cuida com quem elogia, e ainda mais com quem recrimina. É mister toda a atenção neste ponto para descobrir a intenção de quem fala, conhecendo de antemão de que pé se moveu. Tira tua conclusão do contraste do falto e do falso.

81 – Renovar tua luz a cada manhã.

É privilégio de Fênix. Costuma envelhecer a excelência, e com ela, a fama. O costume diminui a admiração e uma mediana novidade costuma vencer o sublime envelhecido. Usar, pois, do renascer na coragem, no engenho, na virtude, em tudo. Renova-te, como o sol a cada amanhecer, variando cenários, para que em alguns a privação e em outros a novidade solicitem aqui o aplauso, ali o desejo.

82 – Nunca exceder, nem o mal, nem o bem.

Um sábio reduziu toda a sabedoria à moderação. O sumo direito se faz torto e a laranja que muito esprime dá em amargo. Mesmo na fruição nunca se há de chegar ao extremo. A maior inteligência se esgota se muito exigida, e tirará sangue por leite o que muito ordenhar.

83 – Permitir-se algum perdoável deslize.

Que um desleixo costuma ser talvez maior recomendação da perfeição. A inveja muita vez aparta: quanto mais elegante mais venal. Acusa-se o muito perfeito de pecar em não pecar, e sendo perfeito, em tudo é condenado criminal. Faz-se Argos[17] em buscar-lhe as faltas ao muito bom, para consolo apenas. A censura fere como o raio até as mais cimeiras virtudes. Dormitou Homero talvez, descuidado do engenho ou da coragem, mas nunca da sensatez. Assim deu sossego à malevolência aplacando sua peçonha. Será como deixar a capa ao touro da inveja para salvar a imortalidade.

---

[17] Na mitologia grega, o gigante dos cem olhos.

84 – Saber usar os inimigos.

Todas as espadas se hão de saber desembainhar não pelo corte que ofende, senão pela empunhadura, que defende; muito mais a disputa. Ao homem sábio mais lhe aproveitam seus inimigos que ao tolo seus amigos. Costuma uma malevolência aplainar montanhas de dificuldade que o favor não ousou empreender. Os malévolos fabricaram de muitos a grandeza. Mais feroz é a lisonja que o ódio, pois remedia este eficazmente os defeitos que aquela dissimula. Esquiva-te prevenindo ou emendando os defeitos. Há de ser grande o recato quando se vive na fronteira entre a emulação e a malevolência.

85 – Não ser coringa.

O muito uso do excelente vem a ser abuso. Quem tudo cobiça todos aborrece. Grande infelicidade não ser nada, pior infelicidade querer ser tudo. Perdem-se por muito querer ganhar e são depois tão inoportunos quanto foram antes desejados. Depara-se com estes coringas em toda sorte de perfeições, contudo, perdendo a excepcional fama, são desprezados como vulgares. O único remédio para o extremado é guardar comedimento do seu brilho: a demasia há de estar na perfeição e a temperança na ostentação. Quanto mais lampeja uma tocha, mais se consome e menos dura. Ostenta menos que mais te estimarão.

86 – Prevenir-se das más línguas.

Tem o vulgo muitas cabeças, e assim, muitos olhos para a malícia e muitas línguas para a difamação. Circula com ele a má língua que mancha o maior prestígio; e se chegar a ser mordaz acabará com a reputação. Quando cheguem a ti, dê-lhes um pontapé com indiferença. Ridicularizar defeitos costuma ser matéria de suas falazinhas. Há deselegâncias enviadas com arte e manha que arruínam mais rapidamente uma grande fama com uma anedota que com um descaramento. É muito fácil cair em má reputação, porque o mal é muito crível e custa muito apagá-lo. Escuse, pois, o homem prudente tais deselegâncias, contrastando com sua atenção a vulgar insolência, que é mais fácil o prevenir que o remediar.

87 – Cultura e alinho.

Nasce bárbaro o homem, eleva-se sobre a besta cultivando-se. A cultura humaniza, e quanto maior, melhor. Em fé dela pôde a Grécia chamar bárbaro a todo o restante do universo. É muito tosca a ignorância: não há coisa que mais cultive que o saber. Mas ainda a mesma sabedoria é grosseira, se desalinhada. Não só há de ser alinhado o entender, também o querer e mais o conversar. Encontram-se homens naturalmente alinhados, de gala interior e exterior, em conceito e palavras. Nos adornos do corpo que são como a casca, e nas virtudes da alma que são o fruto. Outros há, ao contrário, tão grosseiros, que todas as suas coisas, e mesmo as cimeiras, ficaram ofuscadas por uma intolerável e bárbara impostura.

88 – Seja o bom trato abundante.

Procurando fazê-lo com alto espírito. O homem grande não deve ser pequeno em seu proceder. Nunca há de se perscrutar muito as coisas e menos as de pouco gosto; porque é melhor notá-las como que ao descuido, que averiguar tudo a propósito. Procede normalmente com nobre generosidade, como o galante. É grande parte do reger o dissimular. Deixa passar a maior parte das coisas, entre familiares, entre amigos e mais entre inimigos. Toda minúcia é enfadonha e pesada. O voltar-se sempre a um desgosto é espécie de mania; e tal será o modo de portar-se cada um, de acordo com seu coração e capacidade.

89 – Compreensão de si.

No gênio e no engenho; no discernimento e nas emoções. Ninguém é senhor de si se primeiro não se conhece. Há espelhos do rosto, não os há do ânimo: seja a sensata reflexão sobre si. E quando se esquecer de sua imagem exterior, conserve a interior para corrigi-la, para melhorá-la. Meça o quanto pode empenhar-se. Tenha medido o seu íntimo e os seus recursos para tudo.

90 – Arte para viver muito.

Viver bem. Duas coisas rápido acabam com a vida: a ignorância ou a ruindade. Perderam-na alguns por não saber guardá-la e outros por não o querer. Assim como a virtude é prêmio de si mesma, o vício é castigo de si mesmo. Quem vive de prontidão para o vício logo acaba; quem vive de prontidão para a virtude longa vida alcança. Comunica-se a inteireza do ânimo ao corpo e não só se tem por longa a vida boa na intensidade, como na extensão.

91 – Não ser imprudente.

A suspeita de desacerto de quem executa é já evidência para quem olha, e mais ainda se for rival. Se já ao calor da paixão duvidas do acerto, condenará depois desapaixonado a tolice declarada. São perigosas as ações de incerta prudência; mais segura seria a omissão. Não admite probabilidades a sensatez: sempre caminha ao meio-dia da luz da razão. Como pode sair bem uma empresa que, logo que concebida, já a está condenando o receio? Até mesmo a resolução mais graduada com o *nemine discrepante*[18] por vezes malogra. O que aguarda a que começou titubeando na razão e mal agourada no propósito?

92 – Siso transcendental.

Em tudo. É a primeira e suma regra do agir e do falar, mais importante quanto maior e mais alta a posição. Mais vale um grão de sensatez que arrobas de artifícios. É um caminhar seguro, ainda que não tão verossímil, se bem que a reputação do sensato é o triunfo da fama: bastará satisfazer os sensatos cujo voto é a pedra de toque dos acertos.

---

[18] Por unanimidade.

93 – Homem universal.

Composto de toda perfeição vale por muitos. Faz felicíssimo o viver, comunicando esta fruição aos seus convivas. A variedade com perfeição é entretenimento da vida. Grande arte a de saber alcançar tudo quanto é bom. Fez a natureza ao homem um compêndio de todo o belo natural, faz-lhe a arte um universo por exercício e cultura do gosto e do entendimento.

94 – Dom velado.

Escuse o homem atento de que lhe sondem o fundo do saber ou da coragem, se quer que lhe venerem todos. Permita-se ser conhecido, não compreendido. Ninguém lhe averigue os termos da capacidade, pelo perigo evidente da desilusão. Nunca dê lugar a que lhe deem alcance em tudo: maiores efeitos de veneração causam a opinião e dúvida de onde chega a capacidade de cada um, que a evidência dele; por grande que seja.

95 – Saber manter a expectativa.

Nutrindo-a sempre. Prometa o muito e que a sua melhor ação seja o vislumbrar de outras maiores. Não se há de jogar tudo no primeiro lance: grande tática é saber moderar-se nas forças e no saber fazer crescer o desempenho.

96 – Da grande discrição.[19]

É o trono da razão, lar da prudência, que em fé dela custa pouco o acertar. É sorte do céu e a mais desejada por primeira e melhor. É a primeira peça da armadura e de tal importância, que nunca falte a um homem. Todas as ações da vida dependem de sua influência e todas solicitam sua qualificação, que tudo há de ser com siso. A chave está em que convertas a razão em natural costume, que esta se casa sempre com o mais acertado.

97 – Alcançar e conservar a reputação.

É o usufruto da fama. Aprecia-se muito, porque nasce das inteligências nobres que são tão raras quanto comuns as medianias. Se alcançada, se conserva com facilidade. Obriga muito e constrói mais. É espécie de majestade quando chega a ser veneração, pelo sublime de sua causa e por sua esfera de ação. Mas a reputação substancial é a única perene.

98 – Limitar a vontade.

São as paixões reflexo do ânimo. O mais prático saber consiste em dissimular; corre risco de perder o que joga a jogo descoberto. Concorra a cautela e

---

[19] Para Baltasar Gracián o ser discreto implica, necessariamente, na temperança na aplicação do artifício e da natureza. Adviria desta temperança alcançar o ideal cortês para o homem barroco, sempre caracterizado pela tensão constante destes dois pólos.

o recato com a atenção: o sagaz discurso é sépia do interior. Não te conheçam o gosto, para que não o prevejam, uns para a contradição, outros para a lisonja.

99 – Realidade e aparência.

As coisas não passam pelo que são, senão pelo que parecem. Raros os que conseguem decifrar o profundo e muitos os que se contentam com o aparente. Não basta ter razão, há de se deixá-la transparecer.

100 – Homem sem ilusões.

Cristão sábio, refinado filósofo. Mas não parecê-lo e menos ostentá-lo. Está em descrédito o filosofar, ainda que exercício maior dos sábios. Vive desacreditada a ciência dos sensatos. Introduziu-a Sêneca em Roma, conservou-se algum tempo entre os nobres e hoje é tida por impertinência. Não sofrerás tal desengano se és inteiro e ponderado.

101 - Metade do mundo ri da outra metade, para tolice de todos.

Tudo é bom ou tudo é mal, segundo olhes. O que um segue, o outro evita. Irremediável tolo o que quer regular todo objeto por seu conceito. Não dependem as perfeições de um só agrado: tantos são os gostos como os rostos, e tão vários. Não há defeito sem afeto, nem se há de desconfiar porque não agradem as coisas a alguns, que não faltarão outros que as apreciem; nem ainda o aplauso destes proporcione desvanecimento, posto que outros o condenem. Seja teu guia a aprovação dos homens de reputação que sabem refletir sobre todas as coisas. Não se vive de um só voto, nem de um só uso, nem de um só século.

102 – Estômago para grandes bocados da fortuna.

No corpo da prudência não é parte menos importante um grande bucho, que de grandes partes se compõe uma grande capacidade. Não se embaraça com os bons momentos quem merece outros maiores; o que é saciedade em uns é fome em outros. Há muitos que se gastam em qualquer manjar pela pequenez de seu natural, não acostumado nem nascido para tão sublimes ocupações; avinagra-se o trato, e com os humores que se levantam da indevida honra se desvanece a cabeça. Correm grandes perigos nos lugares altos, e não cabem em si porque não cabe neles a sorte. Mostre, pois, o homem respeitável que ainda lhe sobram horizontes para alcançar, fugindo com especial cuidado de tudo o que pode dar indício de estreiteza de coração.

103 – Que cada um seja digno a seu modo.

Sejam todas as ações, se não de um rei, dignas de tal, segundo a imposição da realidade. Um modo soberano de fazer as coisas: sublimidade de ações, elevação de pensamentos. E em todas as suas coisas represente um rei por méritos, quando não por realidade, que a verdadeira soberania consiste na inteireza de costumes; não terá que invejar a grandeza quem possa ser norma dela. Especialmente aqueles próximos ao trono, que se apeguem a algo da verdadeira superioridade, participem antes das qualidades da majestade que das cerimônias da vaidade, conheçam a distância entre o imperfeito do vácuo e o realçado da substância.

104 – Entender as diferentes ocupações.

Há variedade nelas. Magistral conhecimento e que necessita atenção: pedem algumas coragem, e outras sutileza. São mais fáceis de manejar as que dependem de retidão e mais difíceis as que requerem artifício. Com um bom caráter se pode lidar com as primeiras; para as outras não basta toda a atenção e desvelo. Ocupação trabalhosa governar homens, e ainda mais os loucos ou tolos. É necessário dobrado siso para com quem não o tem. Ocupação intolerável a que pede um homem medido, de horas contadas e pensamento exato. Melhores são os livros do tédio, juntando a variedade com a gravidade, porque a alteração refresca o gosto. Os mais respeitados são os que têm menos e a mais distante dependência. O pior requer que se transpire na casa humana e mais na divina.

105 – Seja breve.

Costuma ser enfadonho o homem insistente. A brevidade é lisonjeira e melhor negociante; ganha pelo cortês o que perde pelo curto. O bom, se breve, duas vezes bom. E ainda o mau se pouco, não tão mal. Mais resultam as quintessências que a verborragia. É verdade sabida que o homem de muita prosa poucas vezes é sábio, não tanto no material que expõe quanto na formalidade de seu discurso. Há homens que servem mais de embaraço que de adorno ao universo, miudezas perdidas que todos desviam. Escuse o discreto a embaraçar e ainda menos a quem vive muito ocupado, que seria pior ganhar o seu desprezo que de todo o restante do mundo. O bem dito se diz prontamente.

106 – Não exibir a fortuna.[20]

Ofende quem muito ostenta. Exibir-se é odioso, basta ser invejado. Consegue-se menos a estima quanto mais se busca. Depende do respeito alheio e assim não se pode tomá-la sem merecê-la e aguardá-la. As grandes ocupações pedem autoridade ajustada a seu exercício, e sem o que não se pode dignamente exercê-la. Conserve a dignidade necessária para cumprir com o substancial de tuas obrigações: não a esgote, ajude-a a seguir, pois quem quer parecer esforçado dá indício de não merecer o posto que possui. Orgulha-te mais de tuas virtudes pessoais que do cargo que ocupas, que mesmo a um rei se há de venerar mais pelos dotes que pela extrínseca soberania.

---

[20] Termo muito utilizado por Gracián e pela retórica barroca, fortuna aparece como sinônimo para sorte, destino.

107 – Não mostrar satisfação de si.

Não viver nem descontente, que é pequenez, nem satisfeito, que é tolice. Ignorantes são quase sempre os que mostram admiração de si, só alcançando uma felicidade tola, o que conforta mas resulta em desprestígio. Como não alcança as superlativas perfeições de outros, consola-se de qualquer mediocridade em si. Sempre foi útil, além de sensato, o receio, ou para prevenção de que saiam bem as coisas, ou para consolo quando saírem mal. A adversidade não surpreende àquele que já a temia. Homero[21] dormita em seu merecido lugar e caiu Alexandre por sua presunção e engano. Dependem as coisas de muitas circunstâncias, e a que triunfou em tal ocasião em outra malogra, mas a incorrigibilidade do tolo está em que converteu em flor a vã satisfação, que não cessará de brotar sua semente.

108 – Atalho para tornar-se melhor pessoa: saber relacionar-se.

É muito eficaz o trato. Comunicam-se os costumes e os gostos. Contagia-se do gênio e ainda do engenho sem sentir. Procure, pois, juntar-se com o moderado e assim nos demais temperamentos. Com este conseguirá a temperança sem violência: é grande destreza saber moderar-se. O embate dos contrários embeleza o universo e lhe sustenta, e se causa harmonia no

---

[21] Poeta grego a quem se costuma atribuir a autoria des dois épicos da literatura antiga e universal: *Ilíada* e *Odisseia*.

natural, maior no moral. Valha-se desta sábia advertência na eleição de amigos e criados, que da comunicação entre opostos se ajustará um meio discreto.

109 – Não censurar os outros.

Há homens de gênio férreo, que transformam tudo em delito e não por paixão, mas pela sua natureza. A todos condenam, a uns porque fizeram, a outros porque farão. Isto indica ânimo pior que o cruel, vil. Recriminam com tal exagero que dos átomos fazem vigas para arrancar os olhos: feitores em cada posto transformam em cárcere o que era Elísio.[22] Se dominados pela paixão, de tudo fazem extremos. Ao contrário, a ingenuidade para tudo encontra saída, se não na intenção, na inadvertência.

110 – Não aguardar o sol se pôr.

Máxima de sensatos é deixar as coisas antes que estas os deixem. Seja o retirar-se triunfo do próprio fenecer, pois o sol resplandecente costuma retirar-se a uma nuvem para que não lhe vejam cair, deixando em suspensão se já se pôs ou não. Furte o corpo aos ocasos para não rebentar de desventura. Não aguarde que lhe voltem as costas, que lhe sepultarão vivo para o pesar e morto para a estima. O prudente corredor aposenta a tempo o cavalo e não aguarda que este caia e levante o riso alheio no meio da carreira. Que a beleza rompa

---

[22] Os Campos Elísios. Segundo a mitologia grega era para lá que migravam as almas virtuosas após a morte.

o espelho a tempo e não com impaciência depois de ver seu desengano.

111 – TER AMIGOS.

É o segredo de ser. Todo amigo é bom e sábio para o amigo. Entre eles tudo sai bem. Tanto valerás quanto te quiserem os demais; e para que queiram há de ganhar-lhes a boca pelo coração. Não há feitiço como o bom serviço e para ganhar amizades o melhor meio é fazê-las. O melhor de nossas virtudes é que sejam reconhecidas. Vive-se com amigos ou com inimigos. Cada dia se há de diligenciar para ganhar um amigo, ainda que não para o íntimo. Ao escolher bem, alguns permanecem para confidentes.

112 – CONQUISTAR A AFEIÇÃO DOS DEMAIS.

Que é mandamento do próprio Criador, que em seus maiores assuntos a previne e a dispõe. Pelo afeto entra o conceito. Alguns se fiam tanto no próprio valor que menosprezam a diligência. Mas a atenção sabe bem que os méritos podem encurtar o caminho se ajudados pelo favor. Tudo o facilita e supre a benevolência, compensando o que falta: a inteireza, a sabedoria e até a sensatez. Nunca vê as feiuras porque não as quer ver. Costumam nascer das semelhanças de gênio, família, pátria e ocupação. Toda dificuldade é ganhá-la, que com facilidade se conserva. Pode-se diligenciar e saber valer-se dela.

113 – Prevenir-se na fortuna próspera para suportar a adversa.

Arbítrio é fazer no estio a provisão para o inverno, e com mais comodidade. Baratos são os favores e há abundância de amizades. Bom é conservar para o mau tempo, que é a adversidade cara e falta de tudo. Mantenha amigos e agradecidos, que algum dia fará apreço do que agora não faz caso. A vilania nunca tem amigos na prosperidade porque os desconhece, na adversidade a ela desconhecem.

114 – Nunca competir.

Toda pretensão com oposição prejudica a reputação. O oponente procura logo nos desacreditar. São poucos os que fazem boa guerra, pois a rinha torna públicos os defeitos que guardava a cortesia. Viveram muitos com boa reputação enquanto não entraram em disputas. O furor do combate aviva ou ressuscita as infâmias mortas, desenterra aversões passadas e antepassadas. A competição está baseada em desprestigiar o contrário, tirando proveito do quanto pode e do quanto não deve. E ainda que as ofensas não sejam armas de proveito, faz delas vil satisfação de vingança ao fazer saltar os defeitos que estavam recolhidos ao pó do esquecimento. Sempre foi pacífica a benevolência e benévola a reputação.

115 – Acostumar-se aos defeitos dos que te cercam.

Assim como aos maus rostos: é conveniência onde capitaneia a dependência. Há gênios férreos com quem não se pode viver, nem sem eles. É, pois, destreza ir-se acostumando, como à feiura, de modo que não nos surpreendam em outra terrível ocasião. A primeira vez espanta, mas pouco a pouco se desvanece aquele primeiro horror e a prudência previne ou faz tolerar os desgostos.

116 – Tratar sempre com gente de palavra.

Podes empenhar-te com eles e empenhá-los contigo. Sua mesma obrigação é a maior fiança de seu trato, ainda que para contenda, pois agem como são e vale mais pelejar com gente de bem que triunfar sobre gente do mal. Não há bom trato com a ruindade porque não se acha obrigada à inteireza; por isso entre ruins nunca há verdadeira amizade, nem é de boa lei a fineza, ainda que pareça, porque não é em fé da honra. Renegue o desonrado, que quem não a estima não estima a virtude, e esta honra é o trono da inteireza.

117 – Nunca falar de si.

De um lado o vangloriar-se, que é vaidade, de outro o vitupério, que é mediocridade. É falta de sensatez do que diz, e pena dos que ouvem. Se isto se há de evitar na familiaridade, muito mais nos postos sublimes, onde se fala ao público e resulta em tolice.

Insensato, igualmente, é falar dos presentes pelo perigo de dar em um dos escolhos: lisonja ou vitupério.

118 – Ganhar fama de cortês.

É simples: basta ser agradável. É a cortesia a principal parte da cultura, espécie de feitiço e assim cativa a graça de todos, tal qual a descortesia cativa o desprezo e o incômodo universal. Se esta nasce de soberba é abominável; se da grosseria, desprezível. A cortesia sempre há de ser mais que menos, mas não igual que degeneraria em injustiça. Tem-se por dívida entre inimigos para que se veja seu valor. Custa pouco e vale muito: todo aquele que honra é honrado. A elegância e a honra têm esta vantagem: aquela em quem a usa, esta em quem a faz.

119 – Não fazer-se de mal querer.

Não se há de provocar a aversão, pois que ainda sem querê-lo, ela se adianta. Muitos há que odeiam à toa, sem saber como ou porquê. A malevolência precede o respeito. É mais eficaz e pronta para o dano a irascibilidade que a concupiscência para o proveito. Conseguem alguns pôr-se mal com todos, por desagradáveis ou geniosos; e se uma vez se apodera o ódio, é como o mal conceito, difícil de apagar. Aos homens ajuizados o respeito, aos maledicentes a abominação, aos arrogantes o asco, aos intrometidos o horror e aos elevados o abono. Mostra que estima, para ser estimado.

120 – Seja prático.

Até o saber há de ser para o uso. E onde não se usa é preciso saber mostrar-se ignorante. Mudam os tempos, o discurso e o gosto: não se há de falar do velho e se há de gostar do novo. O gosto das maiorias deve determinar como te moves. Este se há de seguir e avançar na perfeição. Acomode-se o sensato ao presente, ainda que lhe pareça melhor o passado, assim nos adereços da alma como nos do corpo. Só na bondade não vale esta regra do viver, que sempre se há de praticar a virtude. Desconhece-se já e parece coisa de outros tempos o dizer a verdade, o guardar a palavra. Contudo, os homens bons parecem feitos ao bom tempo e serão sempre apreciados. De sorte que se alguns há, não se usam nem se imitam. Oh, grande infelicidade do nosso século que se tenha a virtude por estranha e a malícia por corrente! Viva o discreto como pode, ainda que não como quisesse. Tenha por melhor o que te concedeu a sorte que o que te há negado.

121 – Não fazer muito do pouco.

Assim como alguns de tudo fazem contos, assim outros de tudo fazem negócio: sempre falam de importância, tudo tomam como verdade reduzindo-o à pendência e ao mistério. Poucas coisas enjoadas se hão de levar a sério, que seria empenhar-se à toa. É tolice tomar a peitos o que se há de dar as costas. Muitas coisas que pareciam ser algo, deixando-as são nada; e outras que eram nada, por haver feito caso delas, foram muito. No princípio é fácil dar fim a tudo, no final, não. Muitas vezes é a doença o próprio remédio. Não é a pior regra do viver o deixar estar.

122 – Senhorio no dizer e no fazer.

Abre caminhos e ganha de antemão o respeito de todos. Em tudo influi, no conversar, no rezar, até no caminhar, e ainda no olhar, no querer. É grande vitória laçar os corações. Não nasce de uma tola intrepidez, nem do tedioso entretenimento, mas de uma autoridade oriunda do gênio superior e ajudada pelos méritos.

123 – Não ser homem afetado.

Quanto mais qualidade, menos afetação, que costuma ser vulgar e mácula de todas. É tão incômoda aos demais quanto penosa ao que a sustenta, porque vive refém do cuidado. Perde seu mérito porque nascida do artifício e não da livre natureza, e toda a graça natural foi sempre mais que a artificial. Os afetados são tidos como faltos no que afetam; quanto melhor se faz uma coisa se há de desmentir a indústria, para que se veja o natural de sua perfeição. Nem se deve fugir à afetação por parecer não tê-la. Nunca o discreto há de dar-se por convencido de seus méritos, que tal descuido desperta a atenção. Duas vezes grande o que encerra todas as perfeições em si e nenhuma em sua estima; e pelo caminho inverso chega ao termo da aplausibilidade.

124 – Fazer-se desejar.

Poucos caem nas graças de todos, e se na dos sensatos, felicidade. É comum a indiferença para com os que estão no fim. Há modos para merecer o prêmio da afeição: destaca-te no que te dedicas, no talento e no agrado. Faz indispensável tua qualidade, de modo que se note que o cargo se engrandece contigo e não o contrário; honram uns os postos, outros por eles são honrados. Não é vantagem parecer bom se sucedeu o mau, porque isso não é ser desejado absolutamente, senão demérito do outro.

125 – Não ser enciclopédia.

Sinal de ter gastada a fama própria é cuidar da infâmia alheia. Queriam alguns com as manchas de outros dissimular, se não lavar as próprias; ou com isto se consolam, que é consolo dos tolos. Cheira mal a boca destes que são fossas das imundícies civis. Nestas matérias, o que mais escava mais se enloda. Poucos escapam de algum defeito original, de uma maneira ou de outra. Não são conhecidas as faltas nos pouco conhecidos. Fuja o sensato de ser registro de infâmias alheias, pois se mostrará detestável e desalmado.

126 – Tolo não é quem faz a tolice, senão quem a faz e não sabe encobrir.

Ser discreto nos afetos, quanto mais nos defeitos! Todos os homens erram, mas com esta diferença: os sagazes desmentem os feitos, os tolos mentem os por fazer. Constitui-se o crédito no recato, mais que no feito, que se não se é casto, que se seja cauto. Os descuidos dos grandes homens se observam de perto, como os eclipses solares. Seja exceção da amizade o não confiá-la os defeitos; nem a si mesmo. Mais vale aquela outra regra do viver, que é saber esquecer.

127 – DESENVOLTURA.

É a vida do talento, alento do dizer, alma do fazer, realce do realce. As demais perfeições são ornamento da natureza, mas a desenvoltura o é das perfeições: até na inteligência se celebra. É privilégio natural, mais que esforço, superando a disciplina. Ligeira, alcança o ousado, supõe desembaraço e acrescenta perfeição. Sem ela toda beleza é morta e toda graça, desgraça. É transcendental ao valor, à discrição, à prudência, à mesma majestade. Com desenvoltura tudo sai bem e superam-se os obstáculos.

128 – ALTEZA DE ÂNIMO.

É dos principais requisitos para o herói porque fortalece todo gênero de grandeza. Realça o gosto, engrandece o coração, eleva o pensamento, enobrece a condição e dispõe a majestade. Onde quer que se encontre se sobressai. E mesmo assim de sorte desmentida, não se detém. Conduz a vontade a despeito das possibilidades. Reconhecem-na por fonte a magnanimidade, a generosidade e o talento.

129 – Nunca queixar-se.

A queixa sempre traz descrédito. Mais serve de modelo de atrevimento à paixão que de consolo à compaixão. Encoraja quem a ouve a fazer o mesmo, e logo de toda queixa hás de ser o culpado, por haver sido o primeiro. Abre passo às queixas das ofensas passadas e vindouras e pretendendo remédio ou consolo, solicita a sua complacência e desprezo. Melhor política é celebrar obrigações de uns para que sejam empenhos de outros, e o comentar favores dos ausentes é solicitar os dos presentes, é vender crédito de uns a outros. E o homem prudente nunca publique nem descréditos nem defeitos, apenas os apreços, que servem para ter amigos e conter inimigos.

130 – Fazer e fazer parecer.

As coisas não passam pelo que são, senão pelo que parecem. Valer e sabê-lo mostrar é valer duas vezes. O que não se vê é como se não fosse. Não se venera a razão onde não tem cara de tal. São muitos mais os enganados que os advertidos: prevalece o engano e julgam-se as coisas por fora. Há coisas que são muito outras do que parecem. A boa exterioridade é a melhor recomendação da perfeição interior.

131 – Galanteria de condições.

Têm sua elegância as almas, galhardia do espírito, com cujos galantes atos fica muito gracioso um coração. Não cabe em todos porque supõe magnanimidade. Se ocupa de falar bem do inimigo e ser honesto frente a ele. Seu maior brilho está nos lances da vingança: não os evita senão que os melhora, convertendo-a, quanto mais vencedora, em uma impensada generosidade. É política também, e ainda ornamento da razão de estado. Nunca exibe trunfos e, quando os alcança o merecimento, os dissimula a ingenuidade.

132 – Usar da reconsideração.

O mais seguro é revisar, e mais onde não é evidente a satisfação. Ganhar tempo, ou para conceder ou para melhorar: oferecem-se novas razões para fundamentar as decisões. Se for em matéria de dar algo, se estima mais o ponderar que a entrega fácil; sempre foi mais estimado o desejado. Se há de se negar, e para amadurecer o não, cuida que seja um modo menos ofensivo, que seja mais arrazoado. E as mais das vezes, passado aquele primeiro calor do desejo, não se sente a sangue frio o descaso do negar. A quem pede pressa, conceder tarde, que é a tática para diminuir a tensão.

133 – Antes louco acompanhado que sensato a sós.

Dizem os políticos. Que se todos são loucos, ninguém perderá. E estando só, a sensatez será tida por loucura: o que importa é seguir a corrente. Maior saber é não saber ou fingir não saber. Hás de viver com outros e a maioria é ignorante. Para viver a sós, há de se ter muito de deus ou tudo de besta. Mas eu moderaria o aforismo dizendo: antes sensato com os outros que louco sozinho. Alguns querem ser extraordinários nas quimeras.

134 – Duplicar os requisitos da vida.

É duplicar o viver. Não dependa de uma só coisa, como não se há de querer uma coisa só, ainda que excelente. Tudo se há de ter em dobro e mais as causas do proveito, do favor, do gosto. É transcendente a mutabilidade da lua, fim da permanência, quanto mais as coisas que dependem da vontade humana, que é quebradiça. Contra a fragilidade vale o reter e seja grande regra da arte do viver o acumular em dobro: assim como a natureza duplicou os membros mais importantes e mais arriscados, assim a arte duplica aquilo de que precisa.

135 – Não ter espírito de contradição.

Porque é próprio dos tolos; que conjure a sensatez contra ele. Bem pode ser engenhoso o dificultar tudo, mas o insistente não escapa de passar por tolo. Transformam a boa conversação em guerras intermináveis e assim são mais inimigos dos familiares que daqueles com quem não tratam. No mais saboroso bocado se sente mais a espinha que atravessa, assim a contradição estraga os bons momentos. São tolos perniciosos, que juntam a fera e a besta.

136 – Situar-se bem nas questões.

Tomar pulso do negócio. Muitos se perdem pelas ramas de um inútil palavrório ou pelas folhas de uma cansada verve sem topar com a substância do assunto. Dão cem voltas rodeando um ponto, cansando-se e cansando, e nunca chegam ao ponto. Possuem entendimento confuso que não sabem desembaraçar. Gastam o tempo e a paciência no que haviam de deixar de lado e depois não há mais tempo para o que deixaram de fazer.

137 – O sábio se basta.

Ele próprio era todas as suas coisas e, levando-se a si, levava tudo. Se um amigo universal basta para substituir Roma e todo o restante do universo, que cada um seja esse amigo de si próprio e poderá viver a sós. Quem lhe poderá fazer falta se conheces a ti mesmo e ao mundo que te rodeia? Dependerá de si sempre e terá máxima felicidade. Aquele que pode passar assim a sós, nada terá de bruto, senão muito de sábio e tudo de Deus.

138 – Da arte de deixar estar.

E mais quando se produzem conflitos entre gente próxima. Há torvelinhos no trato humano, tempestades de vontade; então o sensato é retirar-se a um porto seguro. Muitas vezes pioram-se os males com os remédios. Deixe que as águas sigam seu próprio curso. Tanto há de saber o médico para receitar como para não fazê-lo, e às vezes a arte consiste em não aplicar remédio algum. Há ocasiões em que os problemas se complicam tanto que é melhor sossegar, ceder ao tempo agora será vencer depois. Uma fonte com pouca inquietude já se turva, e só voltará a estar limpa se a deixarmos serenar sozinha. Não há melhor remédio dos desconcertos que deixá-los correr, que assim desaparecem por si mesmos.

139 – CONHECER O MAU DIA.

Porque existem: nada sairá bem. E, ainda que se varie o jogo, mas não a má sorte. Com dois lances convém que observes bem para retirar-te a tempo e não atuar, advertindo se é um bom dia ou não. Há vez até para o entendimento, que ninguém soube em todas as horas. É ventura acertar no cogitar, assim como escrever bem uma carta. Todas as perfeições dependem de madureza, nem a beleza está sempre em forma, e tudo para dar certo tem o seu momento. A discrição desmente a si mesma, ora cedendo, ora excedendo. E tudo para sair bem tem seu dia. Assim como em uns tudo sai mal, em outros tudo sai bem e com menos diligências. Contudo, terás teu momento e tudo encontrarás bem feito: o gênio temperado e tudo de estrela. Então convém alcançá-la e não desperdiçar a menor partícula. É próprio do homem sábio descobrir qual o dia mau e qual o bom dia, o da sorte e o da desventura, para atuar ou não atuar.

140 – Descobrir o bom em cada coisa.

É fortuna do bom gosto. Busca a abelha a doçura para o favo e a víbora corre para a amargura do veneno. Assim os gostos, uns ao melhor, outros ao pior. Não há coisa que não tenha algo de bom, sobretudo os livros, frutos do pensamento. É, pois, tão desgraçado o gênio de alguns, que entre mil perfeições encontrarão apenas o defeito e se dedicarão a censurar e destacar: têm a mente cheia da imundície de vontades e do entendimento, carregando nas tintas, nos defeitos, que é mais castigo de seu mau ânimo que ocupação de sua sutileza. Passam má vida, pois sempre se nutrem de amarguras e fazem pasto de imperfeições. Mais feliz é o gosto de outros que, entre mil defeitos, toparão logo com uma só perfeição, ainda que seja obra do acaso.

141 – Não escutar a si mesmo.

Pouco proveito se tira de agradar a si sem agradar aos demais. Colherás o desprezo alheio com a mera satisfação do particular. Deve-se a todos o que se paga a si mesmo. Querer falar e ouvir a si mesmo não funciona bem; e se falar a sós é loucura, escutar-se diante de outros será dobrada insensatez. Vício de senhores usar o bordão do "Estou certo?" e aquele "Então?" que lastimam os que escutam na busca da aprovação ou da lisonja, em prejuízo da sensatez. Também os vazios falam como eco, e como necessitam calçar sua conversa, a cada palavra solicitam o indigesto socorro do tolo "Muito bem dito!".

142 – Nunca por obstinação tomar o pior lado.

Dado que o oponente se adiantou e escolheu o melhor. Já começa vencido e assim será preciso ceder derrotado. Nunca se vingará bem com o mal. Foi astúcia do oponente antecipar-se ao melhor e tolice tua seria opor-se ao o pior. Correm mais riscos os obstinados no fazer que nas palavras, quanto vai mais risco no fazer que no dizer. Vulgaridade de teimosos não reparar na verdade, por contradizer, nem na utilidade, pelo litigar. O cauteloso sempre está do lado da razão, não da paixão, ou antecipando-se ou corrigindo a rota; que se é tolo o inimigo, pelo mesmo caso mudará de rumo, passando-se à contrária parte, com que piorará de lado. Para tirá-lo do caminho só há uma forma: aderir a ele. A tolice o fará mudar e a própria obstinação o fará cair no despenhadeiro.

143 – Não forjar paradoxos para fugir do vulgar.

Os dois extremos são do descrédito. Todo assunto que desdiz da gravidade é ramo da ignorância. O paradoxo é um certo engano inicialmente plausível, que surpreende pelo novo e pelo picante; mas depois, com o desengano de sair-se mal, fica desairoso. É espécie de embuste, e em matérias políticas, ruína dos estados. Os que não podem chegar ou não se atrevem ao heróico pelo caminho da virtude, caminham pelo paradoxo conseguindo a admiração dos torpes e parecendo verdadeiros para muitos sensatos. Pouco ponderados, e por isso tão opostos à prudência; e se talvez não se funda no falso, funda-se ao menos no incerto, com grande risco ao que verdadeiramente importa.

144 – Apoiar o alheio para alcançar o próprio.

É estratagema do conseguir. Mesmo nas matérias do Céu, encarregam esta santa astúcia os cristãos mestres. É um importante dissimulo, porque serve de atrativo para ganhar a vontade dos demais. Parece aos outros que lutas pela sua, e não é mais do que abrir caminho à pretensão alheia. Nunca se há de entrar em algo sem refletir e mais onde há fundo de perigo. Também com pessoas cuja primeira palavra costuma ser o *não* convém desmentir o tiro para que não se note a dificuldade do conceder, muito mais quando se pressente a aversão. Pertence este aviso aos que têm segunda intenção, que todos são da quintessência da sutileza.

145 – Não expor as feridas.

Que tudo topará ali. Não queixar-se, que sempre acode a malícia onde lhe dói a fraqueza. Não servirá o melindrar-se senão para aguçar o gosto ao entendimento. A má fé vai buscar tuas faltas para fazer-te cair: ofende teu sentimento, te porá mil formas de provas, até descobrir teu defeito. Nunca o prudente se dê a conhecer, nem ponha a descoberto o seu mal, pessoal ou herdado, que até a fortuna se deleita às vezes de lastimar onde mais há de doer. Sempre atacará no ponto débil. Por isso não se há de dar a conhecer, nem o que mortifica, nem o que vivifica: um para que se acabe, outro para que dure.

146 – Olhar por dentro.

Normalmente as coisas não são o que parecem; ignorante o que se conforma com o que não passou de crosta, e que se converte em desengano quando se penetra o interior. A mentira é sempre a primeira em tudo, arrasta os tolos a uma eterna mediocridade. A verdade sempre chega por último e tarde, arrastada pelo tempo. Reservam-lhe os sensatos o segundo ouvido — que nos presenteou a mãe natureza. É o engano muito superficial e topam logo com ele os que o são. O acerto vive retirado a seu interior para ser mais estimado dos sábios e discretos.

147 – Não ser inacessível.

Ninguém há tão perfeito que alguma vez não necessite de advertência. É irremediável tolo o que não escuta; o mais desprendido há de dar lugar ao amigável aviso, nem a soberania há de excluir a docilidade. Há homens irremediáveis por inacessíveis, que despencam porque ninguém ousa chegar a detê-los. O mais inteiro há de ter uma porta aberta para a amizade e esta será a do socorro. Há de ter lugar um amigo para poder com desembaraço avisar, e ainda castigar. A satisfação lhe dá esta autoridade e o grande conceito de sua fidelidade e prudência. Não é a todos que se há de facilitar o respeito e o crédito, mas tenha no fundo de teu recato o fiel, espelho de um confidente, a quem deva e estime a correção no desengano.

148 – Cultivar a arte do conversar.

Em que se faz mostra de ser verdadeira pessoa. Nenhum exercício humano requer mais a atenção, por ser o mais comum do viver. Aqui é o perder ou o ganhar; que se é necessária a cautela para escrever uma carta, com ser conversação refletida e por escrito, quanto mais na conversação comum, em que se põe à prova a discrição! Os sensatos tomam pulso de sua língua, e por isso disse o Sábio: "Fala, se queres que te conheça!" Tem alguns por arte na conversação o ir sem ela, que há de ser folgada, como o vestir, válido apenas entre os muito amigos. Se é conversação elevada há de ser o mais substancial e que indique a muita substância da pessoa. Para acertar se há de ajustar ao gênio e ao engenho dos que interagem. Não se há de mostrar ser censor das palavras que será tido por gramático, ainda menos fiscal das razões, pois todos lhe fugirão ao trato impedindo a comunicação. A discrição no falar importa mais que a eloquência.

149 – Saber responsabilizar o outro pelas faltas.

Ter escudos contra a malevolência, grande ardil dos que governam. Não nasce de incapacidade como a malícia pensa, mas é indústria superior ter em quem recaia a censura dos desacertos e o castigo comum dos murmúrios. Nem tudo sai bem, nem a todos se pode contentar. Haja, pois, um testa de ferro, objeto de infelicidades, à custa de sua própria ambição.

150 – Saber vender tuas coisas.

Não basta a intrínseca bondade, que nem todos mordem a substância, nem olham por dentro. A maioria apoia o que endossa a multidão, vão porque veem outros que vão. É grande parte do artifício saber convencer: umas vezes elogiando, que o reconhecimento desperta o desejo; outras, dando bom nome, que dá realce sem mostrar afetação. O destinar para entendidos é incentivo geral, porque todos querem sê-lo e quando não, a privação estimula o desejo. Nunca elogie algo por fácil ou comum, que mais é vulgarizá-los que facilitá-los. Todos buscam o singular por ser mais apetecível, tanto ao gosto como ao engenho.

151 – Ser prevenido.

Hoje para amanhã e ainda para muitos dias. A maior providência é ter horas dela; para prevenidos não há acasos, nem para apercebidos apertos. Não se há de guardar o discurso para o aperto, há de ir de antemão. Antepare com o amadurecimento da reconsideração o ponto mais áspero. É o travesseiro Sibila[23] muda e dormir sobre os problemas vale mais que sucumbir a eles. Alguns agem e depois pensam: isso é buscar mais escusas que consequências. Outros nem antes nem depois. Toda a vida há de ser pensar para acertar o rumo: a reconsideração e a providência dão arbítrio do viver antecipado.

---

[23] Na mitologia greco-romana as Sibilas são profetizas, certas mulheres sábias a quem se creditava um espírito divino.

152 – NUNCA ACOMPANHAR-SE DE QUEM TE OFUSCA.

Tanto por mais quanto por menos. O que excede em perfeição excede em estima. Fará o outro o primeiro papel sempre e tu o segundo; e se te alcançar algo de apreço serão as sobras daquele. Tem destaque a lua enquanto estrela da noite; mas, saindo o sol, ou não aparece ou desaparece. Nunca te arrimes a quem te ofusca senão a quem te realça. Desta sorte pôde parecer formosa a discreta Fábula de Marcial[24] e luziu entre a feiura e o desalinho de suas donzelas. Tampouco deves correr o risco do desprestígio, nem honrar à outros a custa de teu crédito. Para fazer-se, vá com os grandes; quando já feito, com os medianos.

153 – NÃO PREENCHAS O VAZIO DEIXADO POR ALGUÉM.

E se o fizer, que seja com grande segurança do excesso. É preciso dobrar o valor para igualar ao do passado. Assim como é ardil fazer que te prefiram a teu sucessor, requer sutileza acabar sem se deixar ofuscar. É difícil encher um grande vazio porque sempre o passado pareceu melhor e ainda a igualdade não bastará, porque está em possessão do primeiro. É, pois, necessário acrescentar qualidades para destituir a outro de seu elevado conceito.

---

[24] Poeta latino.

154 – Não ser fácil, nem no crer, nem no querer.

Conhece-se o amadurecimento pela demora em acreditar: é muito comum o mentir, que seja extraordinário o crer. Quem se moveu ligeiramente vê-se depois corrido. Mas não se há de dar a entender que não se crê no outro que passa de descortesia a agravo, porque trata ao que contesta como enganador ou enganado. E ainda não é esse o maior inconveniente, quanto que o não crer é indício do mentir; porque o mentiroso tem dois males: não crê e nem é crível. A suspensão do juízo é sensata no que ouve e dê-se crédito àquele que diz: "Também é espécie de imprudência a facilidade no querer" que, se mente com a palavra, também com as coisas, e é mais pernicioso este engano pelos feitos.

155 – Arte no apaixonar-se.

Se for possível previna a vulgaridade do ímpeto com a prudente reflexão. Assim fará aquele que for prudente. O primeiro passo do apaixonar-se é perceber-se apaixonado, o que significa assenhorear-se do afeto, tateando a emoção até onde convenha. Com esta superior reflexão se entra e se sai de uma ira. Saiba parar bem e a tempo, que o mais difícil do correr está no parar. Grande prova de juízo conservar-se sensato nos transes de loucura. Todo excesso de paixão encobre a razão, mas com esta magistral atenção nunca atropelará a razão, nem pisará os termos da discrição. Para saber usar da paixão mais importa não lhe dar rédea solta e será o primeiro sensato a cavalo, se não o último.

156 – Escolher amigos.

E o hão de ser à luz do exame da discrição, comprovado na fortuna, graduados não só pela vontade, mas pelo entendimento. E com ser o mais importante acerto do viver, é o menos assistido do cuidado. Trabalha o entendimento em alguns e o acaso nos demais. Cada um se define pelos amigos que tem, não se dão os sábios com tolos. Mas o gostar de alguém não implica intimidade, que pode proceder mais do bom momento e de sua graciosidade que da confiança de sua capacidade. Há amizades verdadeiras e outras passageiras: estas para o deleite, aquelas para a fecundidade dos acertos. Poucos são amigos da pessoa e muitos os da fortuna. Mais se aproveita um bom entendimento de um amigo que muitas boas intenções de outros. Haja, pois, eleição, e não sorte. Um amigo sábio afugenta pesares enquanto os tolos os carregam. Nem desejar-lhes muita fortuna, se não os quer perder.

157 – Não enganar-se com as pessoas.

Que é o pior e o mais fácil engano. Mais vale ser enganado no preço que na mercadoria; nem há coisa que mais necessite de olhar-se por dentro. Há diferença entre entender as coisas e conhecer as pessoas; e é grande filosofia alcançar os gênios e distinguir os humores dos homens. Tanto importa ter estudados os sujeitos como os livros.

158 – Saber usar dos amigos.

Há nisto a arte de ser discreto. Uns são bons para a distância e outros para a proximidade; e o que talvez não é bom para conversação o é para correspondência. Purifica a distância alguns defeitos que eram intoleráveis na presença. Não só há de se procurar neles o deleite, senão a utilidade. Um amigo é tudo e há de ter as três qualidades do bem: único, bom e verdadeiro. Poucos são bons amigos, e o não sabê-los eleger os torna raros. Sabê-los conservar é mais que fazê-los amigos. Procure os duradouros, ainda que a príncipio sejam novos, que a satisfação se baste para poderem fazer-se velhos. Absolutamente melhores os dedicados, ainda que se gaste um fardo na experiência. Não há deserto como viver sem amigos. A amizade multiplica os bens e reparte os males, é único remédio contra a adversa fortuna e um desafogo da alma.

159 – Saber tolerar os tolos.

Os sábios sempre foram menos tolerantes, que quem acrescenta ciência acrescenta impaciência. O muito conhecer é difícil de satisfazer. A maior regra do viver, segundo Epíteto,[25] é o saber tolerar e a isto reduziu a metade da sabedoria. Se todas as tolices se hão de tolerar, muita paciência será necessária. Às vezes sofremos mais de quem mais dependemos e é esta boa ocasião para aprender a superar-se. Nasce do sofrimento a inestimável paz, que é a felicidade na terra. E o que não se encontre com ânimo de aprender

---

[25] Filósofo grego estoico.

a tolerar, apele ao retiro de si mesmo, se é que ainda a si mesmo se há de poder tolerar.

160 – Falar com cautela.

Com os rivais por cautela, com os demais por decência. Sempre há tempo para enviar a palavra, mas não para voltar atrás. Há-se de falar como em testamento, que para menos palavras, menos pleitos. No que não importa se há de ensaiar para o que importa. Há algo de divino no mistério. A fala leviana perto está de ser vencida e convencida.

161 – Conhecer os pequenos defeitos.

Mesmo o homem mais perfeito não escapa de alguns e se casa ou se amanceba com eles. Há aqueles defeitos do engenho, e são os maiores ou se notam mais. Não porque a pessoa não os conheça, mas porque os ama. Dois males unidos: a paixão e o vício. São máculas da perfeição, ofendem tanto os de fora quanto a si mesmo lhe soam bem. Aqui é o galhardo vencer-se e dar esta felicidade aos demais realces; todos dão ali e quando haviam de celebrar qualidades que admiram, se detêm nos defeitos, enfeando aqueles por diminuição das demais prendas.

162 – Saber triunfar sobre a rivalidade e a maldade.

Pouco adianta a indiferença, ainda que prudente. Sê cavalheiro com quem não te quer bem. Não há vingança mais heroica que com méritos e qualidades que vencem e atormentam a inveja. Cada felicidade tua será um castigo para ele, e um inferno a tua glória. Este castigo se tem por maior: fazer veneno da felicidade. Não morre de uma vez o invejoso senão quantas vive a voz de aplauso ao invejado, competindo a perenidade da fama de um com a penalidade do outro. É imortal este para suas glórias e aquele para suas penas. O clarim da fama que toca a imortalidade de um, publica morte para o outro, sentenciando-o ao suspenso de tão invejosa suspensão.

163 – Nunca pela compaixão do infeliz se há de incorrer na desgraça do afortunado.

É desventura para uns o que costuma ser ventura para outros, que não se seria ditoso se não fossem muitos outros os desditados. É próprio de infelizes conseguir a graça das pessoas, que querem recompensar os desfavores da fortuna com seu favor inútil; e aquilo que na prosperidade foi incômodo de todos, na adversidade de todos é querido: trocou-se a vingança de exaltado pela compaixão do caído. Mas atente o sagaz para o baralhar das cartas. Há alguns que nunca vão senão com os desventurados e ladeiam hoje por infeliz ao que fugiram ontem por afortunado. Revela nobreza natural, mas não sagacidade.

164 – Jogar ideias ao vento.

Para examinar a aceitação e ver como recebem; ainda mais o que será de acerto e agrado suspeitos.

Assegura-se o sair bem e dá ocasião ou para a dedicação ou para o retiro. Tateiam-se os interesses desta sorte, e sabe o prudente onde tem os pés: prevenção máxima do pedir, do querer e do governar.

165 – Fazer guerra limpa.

Podem obrigar o sensato a fazê-la, mas não a má guerra. Cada um há de agir tal como é, não como lhe obrigam. É plausível a elegância na rivalidade. Faz-se a guerra não só para vencer no poder, como também no modo. Vencer ao mau não é vitória senão proveito. Sempre foi superior a generosidade. O homem de bem nunca se vale de armas veladas e são as que usam a amizade acabada para fortalecer o ódio começado; assim, não se há de valer da confiança para a vingança. Tudo o que cheira a traição corrompe o bom homem. Em personagens de bem se estranha qualquer átomo de baixeza; hão de distar muito a nobreza da vileza. Leve em conta que se a elegância, a generosidade e a fidelidade se perdessem no mundo, se haveriam de buscar em teu peito.

166 – Diferenciar o homem de palavras do de feitos.

É necessidade de primeira ordem, assim como a do amigo, do pessoal, do trabalho, que são muito diferentes. Más palavras, mesmo sem maus feitos, já são ruins; pior ainda que, mesmo não se tendo palavra má, não se tenha ação boa. Não se vive de palavras, que são vento. Nem se vive de cortesias, que é cortês engano. Caçar as aves pelo reflexo é tosca arapuca. Os voláteis se contentam com o vento, as palavras hão de ser hipoteca das ações e assim hão de ter valor. As árvores que não dão frutos, senão folhas, não costumam ter coração. Convém conhecê-las, algumas para proveito, outras para sombra.

167 – Saber ajudar a si mesmo.

Não há melhor companhia nos grandes apertos que um coração forte; e quando fraquejar se há de suprir das partes adjacentes. Fazem-se menores os afãs a quem se sabe valer. Não se renda à fortuna que podes perder tudo. A alguns o trabalho resulta dobrado, por não sabê-lo levar. O que conhece a própria fraqueza sabe remediar; e o discreto de tudo sai com vitória, até das estrelas.

168 – Não ser monstro da tolice.

O são todos os fúteis, presunçosos, insistentes, caprichosos, teimosos, extravagantes, ridículos, graciosos, paradoxos, sectários e todo gênero de homens destemperados; monstros todos da impertinência. Toda monstruosidade do ânimo é mais disforme que a do corpo, porque desdiz a beleza superior. Mas, quem corrigirá tanto desconserto comum? Onde falta temperança, não fica lugar para a direção e a que havia de ser observação refletida do escárnio é uma mal concebida presunção do aplauso imaginado.

169 – Pesa um erro mais que centenas de acertos.

Ninguém olha para o sol resplandecente, todos o olham quando está eclipsado. O homem comum não tomará nota de teus acertos, senão dos erros. Mais conhecidos são os maus para murmurados que os bons para aplaudidos. Nem foram conhecidos muitos até que delinquiram, nem bastam todos os acertos juntos a desmentir um único e mínimo deslize. E não se iluda o homem, pois que lhe serão notadas todas as faltas, mas nenhum dos acertos, pela malevolência.

170 – Em tudo guardar reserva.

É assegurar a importância. Não use todo talento, nem dê mostras de todas as forças; mesmo no saber há de haver resguardo, que é um dobrar das perfeições. Sempre há de haver a que apelar em um mau êxito. Mais vale o socorro que a ousadia, porque é de valor e de crédito. O proceder da sensatez sempre foi sendeiro seguro. E ainda neste sentido é verdadeiro aquele paradoxo picante: mais é a metade que o todo.

171 – Não desperdiçar favores.

Os amigos grandes são para as grandes ocasiões. Não se há de empregar a muita confiança nas coisas poucas, que seria desperdício da graça. A sagrada âncora se reserva sempre para o último risco. Se no pouco se abusa do muito, o que restará para depois? Não há coisa que mais valha que os valiosos, nem mais preciosa hoje que o favor: faz e desfaz no mundo até dar engenho ou tirá-lo. Ao natural habilidoso se inveja a aptidão para reter a fortuna. Mais vale saber e ter a capacidade para reter amigos do que bens.

172 – Não rivalizar com quem não tem o que perder.

É combater com desigualdade. Entra o outro com desembaraço porque traz até a vergonha perdida; rematou com tudo, não tem mais o que perder, e assim se arroja a toda impertinência. Nunca se há de expor a tão cruel risco a inestimável reputação; custou muito a ganhar e vem a perder-se em um ponto de um pontilho. Um sopro congela o honrado suor. O homem de obrigações tem sempre muito que perder. Olhando por seu crédito, olha pelo contrário e como se empenha com atenção, proceder com tal detenção dá tempo à prudência para retirar-se com tempo e cobrar o crédito. Nem com a vitória se chegará a ganhar o que se perdeu com o pôr-se a perder.

173 – Não ser de vidro no trato.

E menos na amizade. Quebram alguns com grande facilidade. Descobrindo a pouca consistência, se enchem de ofensa e aos demais com aborrecimentos. Mostram ter a condição mais menina que a dos olhos, pois não permitem ser tocados nem de brincadeira nem de verdade. Ofendem-se por pouco. Hão de ir com grande tento os que os tratam, e atendendo sempre às suas delicadezas, porque o mais leve toque lhes tira o juízo. São estes comumente caprichosos, escravos do próprio gosto, atropelam tudo, idólatras de sua pequena honra. A condição de amante tem do diamante a metade, no durar e no resistir.

174 – Não ter pressa.

O saber organizar as coisas é saber disfrutar. A muitos lhes sobra a vida e se acaba a felicidade. Malogram os momentos felizes, que não os disfrutam, e queriam depois voltar atrás, quando já é tarde. Postilhões do viver, que para além do comum correr do tempo, acrescentam seu espetacular atropelo. Querem devorar em um apenas dia o que poderão digerir em toda a vida. Vivem adiantados nas felicidades, devoram os anos por vir e como vão com tanta pressa, acabam logo com tudo. Ainda no querer saber há de haver um modo, para não se saber as coisas mal sabidas. São mais os dias que as venturas: rapidez no agir, lentidão no disfrutar. As façanhas bem estão, feitas. Os contentes, mal, acabados.

175 – Homem de substância.

E quem não o é, não confia nos que não o são. Infeliz é a superioridade que não se funda na substância. Nem todos os que parecem são homens: os há de embuste, que concebem quimeras e parem enganos, e há outros semelhantes que os apoiam e gostam mais do incerto que promete um embuste, por ser muito, que do certo que assegura uma verdade, por ser pouco. Por fim, seus caprichos saem mal, porque não tem fundamento de inteireza. Só a verdade pode dar reputação verdadeira e só a substância pode dar sustento. Um engano exige outros tantos e assim toda a fábrica é quimera, e como se funda no ar, desmorona. Nunca chega a velho um desconcerto. Suas promessas o fazem suspeito: o que requer demasiada prova, vem a ser falso.

176 – Saber, ou escutar a quem sabe.

Sem entendimento não se pode viver, seja o próprio ou emprestado. Mas há muitos que ignoram que não sabem, e outros que pensam que sabem, não sabendo. Moléstias da tolice são irremediáveis, como os ignorantes não se conhecem, tampouco buscam o que lhes falta. Seriam sábios alguns se não cressem que o são. Com isto, ainda que sejam raros os oráculos de sensatez, vivem ociosos, porque ninguém os consulta. Não diminui a grandeza, nem contradiz a capacidade, o aconselhar-se. Antes, o aconselhar-se bem a credita. Debata na razão para que não lhe combata na desdita.

177 – Escusar intimidades no trato.

Não se hão de usar, nem se hão de permitir. O que aplaina perde logo a superioridade que lhe dava inteireza, e depois dela a estima. Os astros, não roçando-nos, se conservam em seu esplendor. A divindade solicita decoro; toda humanidade facilita o desprezo. As coisas humanas, quanto mais se tem, tem-se a menos, porque com a comunicação se revelam as imperfeições que se encobrirão com o recato. Com ninguém é conveniente o aplainar-se: nem com maiores, pelo perigo, nem com os inferiores, pela indecência; e menos com a vilania que é tola e que não reconhecendo o favor que lhe faz, presume obrigação. A facilidade é ramo de vulgaridade.

178 – Crer no coração.

E mais quando é de acertos. Nunca o desminta, que costuma ser prognóstico do que mais importa: oráculo caseiro. Pereceram muitos daquilo que temiam; mas, de que serviu temê-lo sem remediá-lo? Têm alguns o coração muito leal, vantagem da natureza superior, que sempre os previne para remédio da infelicidade. Não é sensatez sair a receber os males, mas sim o sair ao encontro para vencê-los.

179 – O resguardo é o selo da capacidade.

Peito sem segredo é carta aberta. Onde há fundo estão os segredos profundos, que há grandes espaços e enseadas onde se ocultam as coisas de importância. Procede de um grande senhorio de si, e o vencer nisto é o verdadeiro triunfar. A tantos pagam pelo a quantos se descobre. Na temperança interior consiste a saúde da prudência. Os riscos do resguardo são a alheia tentativa: o contradizer para torcer, de lançar farpas para por à mostra: aqui o atento mais fechado. As coisas que se hão de fazer não se hão de dizer, e as que se hão de dizer não se hão de fazer.

180 – Nunca guiar-se pelo que faria o inimigo.

O tolo nunca fará o que o sensato julga, porque não alcança o que convém; se é prudente, tampouco, porque quererá desmentir-lhe o intento penetrado e ainda prevenido. Se haverão de ponderar as matérias por entre ambas partes e revolver-se por um e outro lado, dispondo-as a duas vertentes. São vários os pareceres: esteja atenta a indiferença, não tanto para o que será quanto para o que poderia ser.

181 – Sem mentir, não dizer todas as verdades.

Não há coisa que requeira mais tato que a verdade, que é um sangrar-se do coração. Tanto importa para sabê-la dizer como para sabê-la calar. Perde-se com uma só mentira todo o crédito da inteireza. É tido o enganado por falto e o enganador por falso, que é pior. Nem todas as verdades se podem dizer: umas porque me importam e outras porque ao outro.

182 – Um grão de audácia em tudo é importante sensatez.

Há de se moderar o conceito dos outros para não tê-los em tão alta conta a ponto de temê-los; nunca renda a imaginação ao coração. Alguns parecem grandes até quando se trata com elas, mas percebê-los mais serviu de desengano que de estima. Nenhum excede os curtos limites de homem. Todos têm o seu senão, uns no gênio, outros no engenho. A dignidade da autoridade aparente poucas vezes se acompanha da pessoal, pois costuma vingar a sorte da superioridade do cargo na inferioridade dos méritos. A imaginação se adianta sempre e pinta as coisas muito mais do que são. Não só concebe o que há como o que poderia haver. Corrija-a a razão, tão experiente de desenganos. Mas nem a tolice há de ser atrevida nem a virtude temerosa. E se a simplicidade vale para a confiança, quanto mais para a coragem e o saber!

183 – Não insistir.

Todo tolo é pretensioso e todo pretensioso é tolo; e quanto mais equivocado estiver, maior sua tenacidade. Ainda em caso de evidência, é melhor ceder, que não se ignora a razão que teve e se conhece a galanteria que se tem. Mais se perde com a insistência do que se pode ganhar com a persuasão. Obstinar-te não é defender a verdade, senão a grosseria. Há cabeças duras de convencer, irremediáveis. Quando se junta o caprichoso com o pretensioso, casam-se indissoluvelmente com a tolice. Assim, tenhas firmeza na vontade, não no juízo. Ainda que existam casos de exceção, não se deixe vencer duas vezes: nas palavras e nos atos.

184 – Não ser cerimonioso.

Que mesmo em um Rei a afetação é excentricidade. É incômodo tal excesso e há nações inteiras tocadas desta delicadeza. O vestido da tolice se costura destes pontos, idólatras da própria honra e que mostram que se funda sobre pouco, temem que tudo a possa ofender. Bom é ganhar o respeito, sem ser tido por mestre das cerimônias. Bem é verdade que o homem sem cerimônias necessita de excelentes virtudes. Nem se há de afetar nem se há de desprezar a cortesia. Não mostra ser grande o que repara em miudezas.

185 – Nunca expor o crédito à prova de uma só vez.

Que, se não sai bem, é irreparável o dano. É obra do acaso errar uma, e mais a primeira. Nem sempre se está em boa ocasião, por isso se diz ser "o seu dia". Afiance, pois, a segunda à primeira, se errar, e se acertar será a primeira desempenho da segunda. Sempre há de haver recurso para a melhoria e apelação para o que vai além. Dependem as coisas de contingências, e de muitas, e assim é rara a felicidade do sair bem.

186 – Conhecer os defeitos.

Por mais autorizados que estejam. Não desconheças a inteireza do vício, ainda que vestida de brocado. Que esteja coroada de ouro, nem por isso pode dissimular o ferro. Não perde a escravidão de sua vileza, ainda que se desminta com a nobreza do sujeito. Bem podem estar os vícios realçados, mas não são realces. Notam alguns que aquele herói passou por determinado desastre, mas não se apercebem de que não foi herói por aquilo. É tão retórico o exemplo superior que até das feiuras persuade; até as do rosto imita a lisonja, não notando que, se na grandeza se dissimulam, na baixeza se abominam.

187 – Fazer o favorável e deixar o odioso para terceiros.

Com o primeiro se concilia o gosto, com o segundo se declina a malemolência. Maior gosto para o virtuoso é fazer o bem que recebê-lo, que é felicidade de sua generosidade. Poucas vezes se dá desgosto a outro sem tomá-lo, ou por compaixão ou por arrependimento. As causas superiores não agem sem o prêmio ou o castigo. Influa imediatamente o bem e mediatamente o mal. Por isso, tenha onde descarregar os golpes do descontente, que são o ódio e a murmuração. Costuma ser a raiva vulgar como a canina, desconhecendo a causa de seu dano, volta-se contra o instrumento e ainda que este não tenha a culpa principal, padece a pena de imediato.

188 – Trazer boas palavras.

É mostra de bom gosto e elevados sentimentos, e de que deves respeito aos que te escutam. Quem soube conhecer antes a perfeição, saberá estimá-la depois. Dês boa matéria à conversação e a imitação adiantamento as notícias plausíveis. É um político modo de vender a cortesia às perfeições presentes. Outros, ao contrário, trazem sempre o que criticar, fazendo elogio ao presente com o desprezo do ausente. Saem-se bem com os superficiais, que não observam a manha que é falar mal de uns com outros. Fazem política alguns ao estimar mais a mediocridade de hoje que a excelência de ontem. Conheça o atento estas sutilezas do enfoque sem conceder ao exagero de um ou ao elogio do outro.

E entenda que do mesmo modo procedem os críticos numas partes e noutras: trocam os sentidos e ajustam-se sempre ao lugar em que se encontram.

189 – Valer-se da necessidade alheia.

Que se chega a desejo, é o mais eficaz dominador. Disseram os filósofos que era nada, e disseram que era tudo os políticos: estes a conheceram melhor. Fazem degraus dos desejos alheios para alcançar seus fins. Valem-se das circunstâncias e usam das dificuldades para despertar o apetite. Prometem mais no calor da paixão que na indiferença do possuir. E ao passo que cresce a dificuldade, se apaixona mais o desejo. Grande sutileza do conseguir o intento: conservar as dependências.

190 – Encontrar consolo em tudo.

Até os inúteis, o consolo de serem eternos. Não há labuta sem consolo. Os tolos o têm em ser venturosos e também se diz: "venturosos os feios". Para viver muito é preciso valer pouco; a vasilha quebrada é a que nunca se acaba de romper, a que amola de tanto durar. Parece que a fortuna tem inveja das pessoas mais importantes, pois iguala a duração com a inutilidade de uma e a importância com a brevidade de outras: faltarão quantos importarem e permanecerá eterno o que é de nenhum proveito, ou porque o parece ou porque realmente é assim. Ao desditado parece que se harmoniza o esquecimento da sorte e da morte.

191 – Não se fiar da cortesia.

Que é espécie de engano. Não necessitam alguns para enfeitiçar das ervas de Tessalia[26] pois apenas com levantar o chapéu encantam os tolos, digo, presunçosos. Fazem preço da honra e pagam com o vento de umas boas palavras. Quem promete tudo, nada promete, e o prometer é tropeço para tolos. A cortesia verdadeira é dívida, a afetada engano, e mais a desusada: não é decência, senão dependência. Não fazem a reverência à pessoa, senão à fortuna; e o elogio, não às virtudes que reconhece, senão às utilidades que espera.

192 – Homem de grande paz, homem de muita vida.

Para viver, deixar viver. Não só vivem os pacíficos, como também reinam. Há de se ouvir e ver, mas calar. O dia sem pleito faz a noite sonolenta. Viver muito e viver com gosto é viver por dois, é fruto da paz. Tudo tem quem não se ocupa do que não importa. Não há maior despropósito que tomar tudo a propósito. Igual tolice é que firas os sentimentos de quem não o merece e ponha em seu lugar quem menos importa.

---

[26] Região da Grécia na qual se localiza o Monte Pelion, conhecido por ser o local de abrigo dos centauros.

193 – Atenção ao que entra com a alheia por sair com a própria.

Não há reparo para a astúcia como a advertência. Ao entendido, um bom entendedor. Fazem alguns do alheio negócio próprio; e sem mostrar a contracifra das intenções, se encontram a cada passo empenhados a tirar do fogo o proveito com dano da própria mão.

194 – Ter consciência de si e de suas coisas.

E mais ao começar a viver. Concebem todos alta conta de si, sobretudo os que menos são. Cada um sonha com sua fortuna e se imagina um prodígio. Imagina alcançar o máximo e depois falha a experiência; serve de tormento à imaginação vã o desengano da realidade verdadeira. Que a sensatez corrija semelhantes desacertos, e ainda que se deseje o melhor, sempre há de se esperar o pior, para tomar com equanimidade o que vier. É destreza mirar algo mais alto para ajustar o tiro, mas não tanto que seja desatino. Ao começar um trabalho, é preciso ter isso em conta, que é desatinada a presunção sem experiência. Não há remédio mais universal para todas as tolices que o siso. Conheça cada um a esfera e posição de sua atividade e poderá regular a imaginação com a realidade.

195 – Saber estimar.

Não há quem não possa ser mestre de outro em algo, nem há quem não exceda ao que excede. Saber desfrutar de cada um é útil sabedoria. O sábio estima a todos porque reconhece o bom em cada um e sabe quanto custa fazer bem as coisas. O tolo despreza todos por ignorância do bom e por eleição do pior.

196 – Conhecer tua estrela.

Ninguém é tão desvalido que não a tenha e se é desditado, o é por não conhecê-la. Alguns têm lugar como príncipes e poderosos sem saber como nem porque, senão que sua sorte o favoreceu; só fica para a indústria o ajudá-la. Outros se encontram com a graça dos sábios. Foi alguém mais aceito em uma nação que em outra e mais bem visto nesta cidade que naquela. Experimenta-se também mais ventura em um trabalho e lugar que nos outros, e tudo isto em igualdade e ainda em identidade de méritos. Embaralham-se as cartas quando e como quer a sorte. Conheça cada um a sua, assim como à sua Minerva,[27] que vai daí o perder ou o ganhar. Saber seguir — e não as trocar, que seria errar o norte — ao que chamamos Ursa Menor.[28]

---

[27] Ver nota 7.
[28] De formato idêntico ao da Ursa Maior, a Ursa Menor é um pouco menor que a primeira; porém, mais difícil de identificar, sobretudo se o céu estiver nublado, uma vez que as suas estrelas são menos brilhantes. Na ponta de sua cauda se encontra a Estrela Polar, mais brilhante que as outras, e fundamental para a orientação. Essa estrela tem esse nome exatamente porque indica a direção do Pólo Norte. As outras constelações giram em torno da Estrela Polar, que se mantém fixa.

197 – Nunca embaraçar-se com tolos.

Tolo é aquele que não os conhece, e mais ainda aquele que, quando conhecidos, não os descarta. São perigosos para o trato superficial e perniciosos para a confidência; e ainda que seu receio próprio e o cuidado alheio durante algum tempo os contenha, cedo ou tarde, fazem a tolice ou a dizem; e se tardaram, foi para fazê-la mais solene. Quem não tem prestígio, jamais poderá ajudar o prestígio alheio. São muito infelizes, uma sobrecarga da tolice; uma e outra se pegam. Só uma coisa tem de bom: já que a eles os sensatos não são de proveito, eles o são aos sábios, quer como lembrete, quer como troça.

198 – Saber mudar de lugar.

Há nações que para se fazer reconhecer mudam de lugar, mais vale a regra para altos postos. São as pátrias madrastas dos próprios cimos: reina nelas a inveja como em terra fértil e mais se recordam das imperfeições do que começou que da grandeza a que chegou. Um alfinete pôde conseguir apreço, passando de um mundo a outro, e um vidro põe em desprezo ao diamante porque mudou de lugar. Todo o estranho é estimado, seja porque veio de longe, seja porque logra feitos em sua perfeição. Muitos já foram desprezados em seu rincão e hoje são a honra do mundo, sendo estimados dos seus e de estranhos: de uns porque os miram de longe, de outros porque distantes. Nunca venerará a escultura aquele que conheceu o tronco morto de onde saiu.

199 – Fazer-se reconhecer como sensato.

Não como intrometido. O verdadeiro caminho para a estima é o dos méritos, e se a indústria se funda no valor, é atalho para alcançá-lo. Só a inteireza não basta; a solicitude apenas é indigna, que as coisas chegam repletas de lodo e podem anular a reputação. Consiste em um meio de merecer e saber introduzir-se.

200 – Ter anseios.

Para não ser felizmente desditado. Respira o corpo e aspira o espírito. Se tudo for posse, tudo será desengano e descontentamento. Ainda no entendimento sempre há de ficar algo por saber, em que se aguce a curiosidade. A esperança alenta: a satisfação da felicidade é mortal. No premiar é destreza nunca satisfazer. Se nada há de desejar, tudo se há de temer: felicidade infeliz; onde acaba o desejo, começa o temor.

201 – São tolos todos os que parecem e a metade dos que não o parecem.

Tomou conta do mundo a tolice, e se há algo de sabedoria, é ofensa aos céus. Mas o maior tolo é o que não pensa sê-lo e a todos os outros define. Para ser sábio não basta parecê-lo, e menos julgar-se: aquele sabe que pensa que não sabe, e não vê quem não vê que os outros veem. Com estar o mundo cheio de tolos, não há ninguém que pense sê-lo ou receie.

202 – Palavras e feitos fazem um homem inteiro.

Deves falar a favor do bem e atuar com honradez. A primeira é uma perfeição da cabeça e a outra do coração, e do entremeio nasce da superioridade do ânimo. As palavras são sombras dos feitos, são aquelas as fêmeas, estes os machos. Mais importa ser celebrado que celebrar. É fácil o dizer e difícil o fazer. As façanhas são a substância do viver e as sentenças o ornato. A superioridade nos feitos dura e no dizer passa. As ações são o fruto da reflexão: uns sábios, outros heroicos.

203 – Conhecer os cimeiros de seu tempo.

Não são muitos: uma fênix em todo um mundo, um grande capitão, um perfeito orador, um sábio em todo um século, um eminente rei em muitos. As mediocridades são comuns em número e apreço; os cimeiros, raros em tudo, porque pedem plenitude na perfeição e quanto mais sublime a categoria, mais difícil chegar ao topo. Muitos tomaram para si os renomes de César e Alexandre, mas no vazio, posto que sem os feitos a voz não é mais que um pouco de ar. Poucos Sênecas houve e um só Apeles[29] celebrou a fama.

---

[29] Conhecido como o maior pintor da Antiguidade Clássica, o grego Apeles estudou em Éfeso, foi retratista oficial de Alexandre, o Grande e escreveu o primeiro tratado sobre arte de que se tem notícia. A totalidade de suas obras se perdeu no tempo, contudo Apeles foi o maior nome da pintura daquele período.

204 – O FÁCIL SE HÁ DE EMPREENDER COMO DIFÍCIL, E O DIFÍCIL COMO FÁCIL.

Ali para que a confiança não descuide, aqui para que a desconfiança não esmoreça. Não se requer mais para que não se faça uma coisa que dá-la por feita; e, ao contrário, a diligência aplaina a impossibilidade. Os grandes esforços não se hão de pensar, basta que não te detenhas para que a dificuldade, advertida, não ocasione o reparo.

205 – SABER USAR O DESPREZO.

É astúcia para alcançar as coisas desprezá-las. Não se encontram normalmente quando se buscam, e depois, ao descuido, vêm à mão. Como as coisas deste mundo são sombra das eternas, como tal se comportam: fogem de quem as segue e perseguem quem lhes foge. É também o desprezo a mais poderosa vingança. Única máxima de sábios: nunca defender-se com a pluma, que deixa rastro e glorifica os rivais ao invés de puni-los. Astúcia de indignos é opor-se a grandes homens para ser celebrado por caminhos indiretos, por não merecerem de direito; os desconheceríamos se não houvessem feito caso deles seus excelentes contrários. Não há vingança como o esquecimento, que é sepultá-los no pó de seu nada. Presumem, temerários, fazerem-se eternos ateando fogo às maravilhas do mundo e dos séculos. Arte de fazê-los calar: não fazer caso. Contestar causa prejuízo, e dar-lhes crédito redunda em descrédito. À disputa, complacência, que são os detratores como a sombra, que destaca mais a luz. Tua fama anula o que te difama.

206 – Saiba que há vulgaridade em toda parte.

Até mesmo em Corinto,[30] na família mais seleta. Das portas adentro de sua casa o experimenta cada um. Mas é pior entre os piores: o especial tem as mesmas propriedades que o comum, como pedaço de um espelho quebrado, e ainda mais prejudicial: fala ao tolo e censura ao impertinente, é grande discípulo da ignorância, padrinho da estupidez e aliado da maledicência. Não se há de atender ao que diz e menos ao que sente. Importa conhecê-lo para livrar-se dele, que qualquer tolice é vulgaridade e o vulgo se compõe de tolos.

207 – Pensar duas vezes antes de agir.

Há de se ter cuidado nos acasos. São os ímpetos das paixões despenhadeiros da sensatez, e ali é o risco de perder-se. Corre-se um às vezes breve para depois se correr toda a vida. O querer adiantar-se ao problema pode redundar em precisar correr o resto da vida. A astuta intenção alheia provoca a prudência para sondar a terra ou o ânimo. Procura segredos que costumam amparar maior caudal. Seja contra ardil o repensar, e mais no alvoroço. Muita reflexão é necessária para frear o galope de uma paixão e muito ajuizado aquele que a conduz. Vai com cuidado aquele que considera o perigo. Parece ligeira a palavra ao que a profere, e pesada àquele que a recebe e pondera.

---

[30] Uma das mais florescentes cidades-estados gregas. Com grande desenvolvimento no período arcaico da história da Grécia Antiga, Corinto rivalizava com Atenas o esplendor cultural grego.

208 – Não morrer do mal da tolice.

Comumente os sábios morrem faltos de lucidez; ao contrário, os tolos, fartos de conselhos. Morrer de tolo é morrer de discorrer demasiado. Uns morrem porque sentem e outros vivem porque não sentem. E assim, uns são tolos porque não morrem de sentimento e outros são tolos porque morrem dele. Tolo é o que morre por excesso de compreensão. De sorte que uns morrem de entendedores e outros vivem de não entendidos; mas, com morrer muitos por tolos, poucos tolos morrem.

209 – Livrar-se das tolices comuns.

É sensatez bem especial. Estão validadas pelo amplo uso, e alguns, que não se renderam à ignorância particular, não souberam escapar do comum. Vulgaridade é não estar contente com sua sorte, ainda se tratando da maior ou descontente de seu engenho, ainda que o pior. Todos cobiçam, com o descontentamento da sua, a felicidade alheia. Também elogiam os de hoje as coisas de ontem, e os de cá as de lá. Todo o passado parece melhor e todo o distante é mais estimado. Tão tolo é o que ri de tudo como o que sofre de tudo.

210 – Saber usar da verdade.

É perigosa, mas o homem de bem não pode deixar de dizê-la. Aí é necessário o artifício. Os hábeis médicos do ânimo inventaram um modo de adoçá-la, pois quando significa desengano é a quintessência do amargo. O bom modo se vale aqui de sua desenvoltura: com uma mesma verdade elogia um e golpeia outro. Aos presentes refira os passados. Para o bom entendedor basta bruxulear; e quando nada bastar, calar. Os príncipes não se hão de curar com palavras amargas, para isso é a arte de suavizar os desenganos.

211 – No céu tudo é contentamento, no inferno tudo é pesar.

No mundo, como no meio, um e outro. Estamos entre dois extremos e assim se participa do entremeio. Alternam-se as sortes: nem tudo há de ser felicidade, nem tudo adversidade. Este mundo é um zero: a sós, vale nada; juntando-o com o céu, muito. A indiferença à sua variedade é sensatez, aos sábios pouco importa a novidade. Vai se desenrolando nossa vida como em uma comédia e ao final vem a desenredar-se. Atenção, pois, para acabar bem.

212 – Guarde sempre os truques de sua arte.

É de grandes mestres, que se valem de sua sutileza ao ensiná-la. Conservam deste modo maestria e superioridade. Deve-se ir com arte para ensinar arte; nunca se há de esgotar a fonte do ensinar, bem como a de dar. Com isso se conserva a reputação e a dependência. No agradar e no ensinar se há de observar aquela grande lição de ir sempre cevando a admiração e elevando a perfeição. A discrição em todas as matérias sempre foi grande regra do viver e do vencer, e muito mais nas ocupações mais sublimes.

213 – Saber contra-argumentar.

É grande ardil do tentar, não para empenhar-se, mas para empenhar. É o único impulso, o que deixa os afetos à mostra. Demonstrar descrença é a chave para alcançar o mais fechado peito. Faz-se com grande sutileza na dupla tentativa de fazer sucumbir vontade e juízo. Um desprezo sagaz da misteriosa palavra do outro na caça aos segredos mais profundos, os faz despedaçar com suavidade até alcançarem a língua, onde os capturamos com as redes do falaz engano. A hesitação cautelosa faz a do outro lançar-se ao recato e descobre o alheio sentir, que de outro modo seria um coração inescrutável. Mostrar dúvida é a mais sutil chave da curiosidade para se saber quanto quiser. E ainda para aprender é manha do discípulo contradizer o mestre, que se empenha com mais esforço na declaração e fundamento da verdade, de sorte que a contestação moderada dá ocasião ao ensino cumprido.

214 – Não fazer de uma tolice duas.

É muito comum para corrigir uma cometer outras quatro. Escusar uma impertinência com outra maior denota mentira ou tolice, que para sustentar uma precisa-se de muitas. Para a causa equivocada foi sempre o pior patrocínio. Pior que o próprio mal: não sabê-lo desmentir. É ônus das imperfeições dar causa a outras muitas. Em um descuido pode cair o maior sábio, mas em dois não: e por acaso, não por reflexão.

215 – Cuidado com quem chega com segunda intenção.

É ardil do negociante parecer descuidar da vontade do outro para acometê-la, que é vencida em sendo convencida. Dissimulam o intento para consegui-lo e se põe segundo lugar a fim de ser o primeiro: assegura-se o tiro no inadvertido. Mas não durma a atenção quando evidente estiver a intenção, e se esta se faz segunda para dissimulo, aquela primeira para o conhecimento. Que a cautela observe o artifício com que chega e observe os rodeios até compreender sua pretensão. Propõe um e pretende outro, e revolve-se com sutileza até alcançar o alvo de sua intenção. Saiba, pois, o que se concede, e talvez convenha dar a entender que entendeu.

216 – Falar com clareza.

É não só com desembaraço, mas clareza no conceito. Alguns concebem bem e parem mal, que sem a claridade não saem à luz dos filhos da alma, os conceitos e os decretos. Têm alguns a capacidade daquelas vasilhas que percebem muito e comunicam pouco. Ao contrário, outros dizem ainda mais do que sentem. O que a resolução é para a vontade a explicação para o entendimento: dois grandes tesouros. Os engenhos claros são plausíveis, os confusos foram venerados por não serem entendidos e talvez lhes convenha a escuridão para evitar a mediocridade. Mas, como os demais fariam conceito daquilo que ouvem se não houvesse correspondência mental no que se diz?

217 – Não amar nem odiar eternamente.

Conta com que os amigos hoje podem ser inimigos amanhã, e dos piores; e, pois se ocorre na realidade, que ocorra na prevenção. Não se há de dar armas aos desertores da amizade que fazem com ela a maior guerra. Ao contrário com os inimigos, sempre porta aberta à reconciliação, e que seja a da cortesia: é a mais segura. Atormenta depois a vingança de antes, servindo de pesar a alegria da má obra que se fez.

218 – Nunca agir por teima, senão por prudência.

Toda obsessão é enferma, grande filha da paixão, a que nunca executou coisa a direitas. Há alguns que tudo reduzem a guerrilha; bandoleiros no trato, quanto executam querem derrotar a todos, não sabem proceder pacificamente. Estes para mandar e reger são perniciosos, porque convertem o governo num bando e fazem de inimigos aqueles que haviam de fazer filhos. Tudo querem armar com planos e conseguir como fruto de seu artifício. Mas em descobrindo seu paradoxo, os demais logo se indispõem contra eles, procurando impedir suas quimeras e assim nada conseguem. Fartam-se de aborrecimento e todos se comprazem de seu desgosto. Estes têm o parecer lesado e talvez perverso o coração. O modo de portar-se com semelhantes monstros é fugir para os antípodas, que melhor se está na barbaridade destes que a ferocidade daqueles.

219 – Não ser tido por estrategista.

Ainda que não se possa viver de outro modo. Antes prudente que astuto. É agradável a todos a lisura no trato, embora nem todos pratiquem. Que a sinceridade não dê no extremo da simplicidade, nem a sagacidade da astúcia. Seja antes venerado por sábio que temido por sagaz. Os sinceros são amados, porém enganados. O maior artifício é desmentir que tenha artifícios. Floresceu no século de ouro a naturalidade e neste de ferro a malícia. É honrado o crédito daquele que sabe fazer as coisas e causa confiança. Mas o de astuto é sofístico e engendra receio.

220 – Quando não se pode vestir a pele do leão, que se vista a da raposa.

Saber ceder a tempo é vencer. O que alcança seu intento nunca perde reputação À falta de força, destreza. Por um caminho ou por outro: ou pelo real do valor ou pelo atalho do artifício. Mais coisas alcançou a manha que a força e mais vezes venceram os sábios aos valentes que ao contrário. Quando não se pode alcançar a coisa, entra o desprezo.

221 – Não ser do contra.

Nem para comprometer a si ou aos demais. Há falhas no decoro, tanto o próprio como o alheio, sempre ao ponto da tolice. Encontram-se com grande facilidade e rompem com infelicidade. Não se satisfazem com um aborrecimento por dia. Têm o humor à flor da pele e contradizem tudo e todos. Calçaram o juízo ao contrário e assim tudo reprovam. Mas os maiores tentadores da sensatez são os que nada fazem bem e de tudo dizem mal, que há muitos monstros no vasto país da impertinência.

222 – Homem sereno, evidência de prudência.

A língua é como fera: uma vez solta, é muito difícil fazê-la voltar ao cárcere. É o pulso da alma e por onde conhecem os sábios a sua disposição. Nela os atentos contam o movimento do coração. O mal é que o que havia de sê-lo mais é o menos comedido. Escusa o sábio aborrecimentos e esforços e mostra quão senhor é de si. Procede circunspecto, Jano[31] na equidade e Argos[32] na verificação. Melhor seria Momo[33] se tivesse posto menos os olhos nas mãos que janelas no peito.

223 – Não ser muito excêntrico.

Por afetação ou advertência. Têm alguns notável excentricidade, com manias que são mais defeitos que diferenças. E assim como alguns são muito conhecidos por alguma singular feiura no rosto, assim estes por algum excesso no porte. Não serve a excentricidade senão de nota, com uma impertinente

---

[31] Na mitologia romana, é o deus de duas faces — uma olhando para frente e outra para trás — dando origem ao nome do mês de janeiro.
[32] Ver nota 19.
[33] Na mitologia grega, Momo era a deusa do sarcasmo e da zombaria.

especialidade que leva alternativamente uns ao riso, outros à impaciência.

224 – Saber agarrar as coisas.

Nunca numa rinha, ainda que assim venham. Todas têm dois gumes. A melhor e mais favorável, se tomada pelo corte, fere. Ao contrário, a mais repugnante defende, se pela empunhadura. Muitas foram as tristezas que, se consideradas as conveniências, teriam sido de contentamento. Em tudo há convenientes e inconvenientes: a destreza está em saber encontrar o lado suave. Há diferentes brilhos numa mesma coisa quando se olha sob diferentes luzes: mire-se pela da felicidade. Não se há de trocar os freios do bem e do mal. Daqui procede que alguns em tudo encontram o contentamento, e outros o pesar. Grande reparo contra os reveses da fortuna e grande regra do viver para todo o tempo e emprego.

225 – Conhecer teu maior defeito.

Ninguém deixa de ter algum grande defeito, contrapeso da virtude relevante; e se favorece a inclinação, este se apodera como um tirano. Comece a guerrear-lhe, publique o cuidado contra ele, e que o primeiro passo seja o manifesto, que sendo conhecido, será vencido, e mais se o interessado faz conceito dele como os que observam. Para ser senhor de si é necessário ir sobre si. Rendida esta ponta de imperfeições, acabarão todas.

226 – Atenção ao obrigar.

A maioria não fala nem faz como quer, senão como lhes obrigam. O mal para persuadir é abundante, isso porque porque nele muito se crê, ainda que seja incrível. O mais e o melhor que temos dependem do respeito alheio. Contentam-se alguns com ter a razão ao seu lado; mas não basta, que é preciso ajudá-la com a diligência. Custa às vezes muito pouco o obrigar, e vale muito. Com palavras se compram obras. Não há utensílio tão vil nesta grande casa do universo que uma vez ao ano não seja necessário; e ainda que valha pouco, fará grande falta. Cada um fala do objeto segundo seu afeto.

227 – Não se fiar da primeira impressão.

Casam-se alguns com a primeira informação, de sorte que as demais são concubinas, e como a mentira sempre se adianta, não fica lugar depois para a verdade. Não se satisfaça com o primeiro objeto, nem o entendimento com a primeira proposição, que é pequenez de fundo. São alguns como vasilha nova, que o primeiro aroma a ocupa, tanto do mau licor como do bom. Dar a conhecer esta pequenez é pernicioso, pois dá pé à maliciosa indústria. Os mal-intencionados tingem a credulidade da cor que lhes convém. Fique sempre lugar à revista: guardava Alexandre o outro ouvido para o outro lado da história. Que exista lugar para a segunda e terceira informação. Demonstra incapacidade o impressionar-se, e está próximo do apaixonar-se.

228 – Não ter voz maledicente.

Não te faças famoso por difamar a outros. Não sejas engenhoso à custa alheia, que é algo mais detestável que difícil. Todos se vingam de quem os infama, falando mal dele; e ao ser um contra muitos, mais rápido será vencido que eles convencidos. Que não te faças contente com a maldade e nem a comente. O murmurador é sempre detestável e ainda que trate com personagens notáveis, será prestigiado mais por suas troças que por estima de sua sensatez. E o que diz coisas más, sempre ouve piores.

229 – Saber organizar a vida.

Não como se situações ocasionais, mas por providência e escolha. É penosa a vida sem descanso, como jornada longa sem parada. A variedade erudita a faz ditosa. Gasta a primeira estância do belo viver em falar com os mortos. Nascemos para saber e saber-nos, e os livros com fidelidade nos fazem pessoas. A segunda jornada emprega com os vivos: ver e registrar tudo de bom que há no mundo. Nem tudo se encontra em uma terra; o pai universal repartiu os dotes e às vezes enriqueceu o mais feio. A terceira jornada seja toda para si: última felicidade, o filosofar.

230 – Abrir os olhos a tempo.

Nem todos que veem têm abertos os olhos, nem todos os que olham veem. Dar-se conta tarde não serve de remédio, senão de pesar. Começam a ver alguns quando não há o quê: desfizeram suas casas e suas coisas antes de fazerem a si próprios. É difícil dar entendimento a quem não tem vontade, e mais dar vontade a quem não tem entendimento. Troçam deles os que os rodeiam, feito cegos, para o riso dos demais. E porque são surdos para ouvir, não abrem os olhos para ver. Mas não falta quem fomente esta insensibilidade, posto que consiste o seu ser em que os outros não sejam. Infeliz cavalo cujo amo não tem olhos: mal engordará.

231 – Nunca fazer as coisas pela metade.

Que se apreciem em sua perfeição. Todos os princípios são disformes, e fica depois a imaginação daquela deformidade, a memória de tê-lo imperfeito não o deixa alcançar o acabado. Disfrutar de imediato o objeto grande, ainda que embarace o juízo das partes, de *per si* adequa o gosto. Antes de ser todo é nada, e no começar a ser se está ainda muito dentro de seu nada. O ver guisar o manjar mais sublime serve antes de asco que de apetite. Recate-se, pois, todo grande mestre de que lhe vejam as suas obras em embrião. Aprenda da natureza a não expô-las até que possam parecer.

232 – Ter um pouco de negociante.

Nem tudo seja especulação, haja também ação. Os muito sábios são fáceis de enganar, porque ainda que conheçam o extraordinário, ignoram o ordinário do viver, que é mais preciso. A contemplação das coisas sublimes não lhes dá lugar para as cotidianas; e como ignoram o primeiro que haviam de saber, e que toda a gente conhece, ou são admirados ou são temidos por ignorantes do vulgo superficial. Procure, pois, o homem sábio ter algo de negociante, o que baste para não ser enganado e ainda ridicularizado. Seja homem de ação que ainda não seja a maior virtude, mas é a mais necessária para viver. De que serve o saber se não é prático? E o saber viver é hoje o verdadeiro saber.

233 – Não confundir o gosto alheio.

Que é fazer um pesar por um prazer. Com o que pensam agradar alguns, aborrecem, por não compreender os gênios. O que para uns é elogio, para outros é ofensa; e o que parecia favor foi agravo. Custou às vezes mais o dar desgosto que haveria custado dar o prazer. Perdem o agradecimento e o dom porque não souberam agradar. Se não conheces o gênio alheio, mal poderás satisfazê-lo; daí que alguns tenham pensado dizer um elogio e disseram uma ofensa, que foi bem merecido castigo. Pensam outros agradar com sua eloquência, mas golpeiam a alma alheia com sua loquacidade.

234 – Nunca fiar reputação sem o penhor da honra alheia.

Há de se ter vantagem no silêncio, no dano sem facilidade. Em interesses de honra há de ser o trato conjunto, de sorte que a própria reputação faça cuidar da alheia. Nunca se há de fiar, mas se alguma vez, seja com tal arte que possa a prudência ceder lugar à cautela. Seja o risco comum e recíproca a causa para que não se converta em testemunho o que se reconhece partícipe.

235 – Saber pedir.

Não há coisa mais difícil para alguns nem mais fácil para outros. Há uns que não sabem negar; com estes não é preciso manha. Há outros em que o *não* é sua primeira palavra de todas as horas; com estes é preciso indústria. E com todos, a ocasião: colher os espíritos alegres, pelo deleite do corpo ou pelo ânimo. Se a atenção do reflexo de quem atende não previne a sutileza daquele que intenta, os dias de regozijo são a favor, que redunda do interior ao exterior. Não se há de chegar quando se vê o outro negar, que está perdido o medo de dizer *não*. Sobre a tristeza não há bom lance. O obrigar de antemão é troca para a qual não deve corresponder vilania.

236 – Fazer obrigação antes do que há de ser prêmio depois.

É destreza de grandes políticos. Favores antes de méritos são prova de homem de obrigação. O favor assim antecipado tem duas serventias: que com a rapidez do que dá obriga mais ao que recebe. Uma mesma oferta, se depois é dívida, antes é comprometimento. Sutil modo de inverter a obrigação, pois a que recaía no superior para premiar, recai no obrigado para satisfazer. Isto serve para gente de obrigações, que para homens vis mais seria pôr freio que espora, antecipando a paga da honra.

237 – Nunca compartilhar segredos com superiores.

Pensará partir peras e partirás pedras. Pereceram muitos por ser confidentes. São estes como colher feitas de pão, que corre o mesmo risco do pão depois. Não é favor, senão pesar, conhecer os segredos do príncipe. Quebram muitos o espelho porque lhes recorda a feiura. Não querem ver quem os vê, nem é bem visto aquele que viu mal. A ninguém se há de ter muito obrigado, e ao poderoso menos. Seja antes com benefícios feitos que com favores recebidos. Sobretudo, são perigosas as confianças de amizade. O que comunicou seus segredos a outro se fez escravo dele, e em soberanos é violência que não pode durar. Desejam voltar a redimir a liberdade perdida, e para isto atropelarão tudo, até a razão. Os segredos, pois, nem ouvi-los nem dizê-los.

238 – Conhecer a peça que te falta.

Muitos seriam pessoas de bem se não lhes faltasse algo, sem o qual nunca chegam ao cúmulo perfeito do ser. Nota-se em alguns que poderiam ser muito se reparassem em bem pouco. Falta-lhes a seriedade, com que encobrem grandes qualidades. A outros a suavidade da condição, que é falta que os familiares logo notam, e mais se poderosos. Em alguns se deseja a ação e em outros a ponderação. Todas estas imperfeições, se fossem advertidas, poderiam ser supridas com facilidade, que o cuidado pode fazer do costume a sua segunda natureza.

239 – Não ter demasiada agudeza.

Mais importa prudencial. Saber mais do que convém é revelar-se, porque as sutilezas comumente se quebram. Mais segura é a verdade assentada. Bom é ter entendimento, mas não oratória. O muito argumentar é ramo da controvérsia. Melhor é um bom juízo substancial que não argui mais do que importa.

240 – Saber se fazer de tonto.

O maior sábio usa talvez desta peça, e há ocasiões em que o melhor saber consiste em mostrar não saber. Não se há de ignorar, mas sim aparentar que se ignora. Com os tolos pouco importa ser sábio, e com os loucos, sensato: fala-se a cada um em sua linguagem. Não é tolo o que simula tolice, senão o que padece dela. A simples o é, a forçada não, que daí chega o artifício. Para ser bem quisto, o único meio é vestir-se da pele do mais simples dos brutos.

241 – Sofra as troças, mas não as use.

Suportá-las é elegância, cometê-las provocação. Quem na festa se descompõe muito tem de besta, e o demonstra ainda mais. É divertida a troça e saber encará-la é argumento de capacidade. Dá margem à tréplica aquele que replica. O melhor é deixar de lado e o mais seguro é não levantá-las: as maiores verdades nasceram sempre das troças. Não há coisa que peça mais atenção e destreza. Antes de começar se há de saber até que ponto de tolerância chegará o gênio do outro.

242 – Chegar ao bom termo em tudo.

Alguns tudo começam e nada acabam. Tentam, mas não prosseguem: instabilidade de gênio. Nunca conseguem admiração, porque nada terminam: tudo para no parar. Para uns nasce da impaciência da alma, defeito de espanhóis, assim como a paciência é virtude dos belgas. Estes acabam as coisas, aqueles acabam com elas. Até vencer a dificuldade suam e contentam-se com o vencer. Mas não sabem alcançar a vitória; provam que podem, mas não querem. Sempre é defeito a vontade débil e a indecisão. Se a empreitada é boa, por que não acaba? E se má, por que começou? Mate, pois, o sagaz a caça, não leve a vida em espreitá-la.

243 – Não ser todo bondade.

Alternem-se a astúcia da serpente com a candidez da pomba. Não há coisa mais fácil que enganar um homem de bem. Crê muito o homem que nunca mente e confia muito o que nunca engana. Ser enganado nem sempre procede da tolice, senão da bondade. Duas classes de pessoas previnem-se dos danos: os que já foram muito enganados, e os astutos, à custa do engano alheio. Mostra-se tão extremada a sagacidade para o receio como a astúcia para o enredo, e não queira ser tão homem de bem que ocasione ao outro o sê-lo mal. Seja um misto de pomba e de serpente; não monstro, senão prodígio.

244 – Saber obrigar.

Transformam alguns o favor próprio em alheio e parece, ou dão a parecer, que fazem mercê quando o recebem. Há homens tão sagazes, que parecem honrar pedindo, e trocam o seu proveito em honra do outro. De tal sorte traçam as coisas que parece que os outros lhes têm trabalho ao receber seus, invertendo com extravagante política a ordem dos compromissos. Ao menos põem em dúvida quem faz favor a quem. Compram com elogios o melhor, e ao mostrar gosto por alguma coisa fazem honra e lisonja. Convertem agradecimento em dívida. Desta sorte trocam a voz do verbo de passiva em ativa, são melhores políticos que gramáticos. Grande sutileza esta, mas maior seria entendê-la, destrocando a tolice, devolvendo suas homenagens e cobrando cada um seu proveito.

245 – Argumentar de modo singular e fora do comum.

Assim indicas superioridade de virtudes. Não se há de estimar ao que nunca se opõe, pois não é sinal de que te ama, senão do amor que tem de si. Não se deixe enganar por elogios recompensando-os, senão condenando-os. Considere crédito ser recriminado por alguns, sobretudo por aqueles que falam mal dos bons. Que tuas coisas não agradem a todos, é sinal de não serem boas, que é rara a perfeição.

246 – Nunca dar satisfação a quem não a pede.

E ainda que se peça, é espécie de delito, quando desnecessária. O escusar-se antes da ocasião é culpar-se, e o sangrar na saúde é chamar para si o mal e a malícia. A escusa antecipada desperta o receio que dormia. Não se dá o sensato por entendido da suspeita alheia, que é sair a buscar a ofensa. Então, se há de procurar desmentir com a inteireza de teu proceder.

247 – Saber um pouco mais e viver um pouco menos.

Outros argumentam o contrário. Mais vale um bom ócio que o negócio. Não temos coisa nossa senão o tempo. Onde vive quem não tem lugar? Igual infelicidade é gastar a preciosa vida em tarefas mecânicas em detrimento das sublimes. Não te sobrecarregues de ocupações ou inveja: é atropelar o viver e afogar o ânimo. Alguns entendem o saber como sobrecarga, mas não se vive se não se sabe.

248 – Não se deixar levar pela última palavra.

Há os que se guiam pela informação mais recente: extremada impertinência. Têm o sentir e o querer de cera. O último sela e apaga os demais. Estes nunca estão ganhos, porque com a mesma facilidade se perdem. Cada um os tinge de sua cor. São maus para confidentes, crianças para toda a vida. E assim, com variedade nos juízos e afetos, andam flutuando, sempre coxos da vontade e do juízo, inclinando-se a uma e outra parte.

249 – Não começar a viver por onde se há de acabar.

Alguns tomam o descanso ao princípio e deixam a fadiga para o fim. Primeiro há de ser o essencial e depois se sobrar lugar o acessório. Querem outros triunfar antes de pelejar. Alguns começam a saber pelo que menos importa e os estudos de crédito e utilidade deixam para quando se acaba o viver. Não há começado a fazer fortuna o outro quando já se desvanece. É essencial o método para saber e poder viver.

250 – Quando se há de argumentar às avessas?

Quando nos falam com malícia. Com alguns tudo há de ser às avessas; o *sim* é *não* e o *não* é *sim*. Falam mal do que estimam, pois o que se quer para si se desacredita para os outros. Nem todo o elogio é dizer bem, que alguns, por não elogiar os bons, elogiam também os maus: e para quem ninguém é mau, nenhum haverá de ser bom.

251 – Há de ser procurar os meios humanos como se não houvesse divinos e os divinos como se não houvesse humanos.

Regra de grande mestre, não se há de tecer comentários.

252 – Nem tudo para si, nem tudo para outrem.

É uma vulgar tirania. Do querer só a si segue logo o querer tudo para si. Não sabem tais homens ceder em nada e nem perder sua comodidade. Pouco se comprometem e se fiam da sorte, que às vezes os abandona. Convém comprometer-te com outros para que os outros se comprometam contigo. E quem tem cargo público há de ser escravo do público: "se renuncias ao cargo, renuncias à carga",[34] diria a senhora a Adriano.[35] Outros, ao contrário, sempre comprometidos com o alheio, são como tolos por excesso; e aqui infeliz: sem dia ou hora para si, são chamados "os de todos". Ainda no entendimento, há aqueles que para todos sabem, mas para si ignoram. Entenda o atento que ninguém busca por ele, senão pelo que tem.

---

[34] Trata-se de um apotegma, isto é, preceito ou frase de fundo moral, semelhante ao aforismo. Este é atribuído a Felipo de Macedônia, constante dos *Apotegmas* de Plutarco.
[35] Imperador romano.

253 – Não explicar com demasiada clareza.

A maioria não estima o que entende, e venera o que não percebe. As coisas, para que se estimem, hão de custar. Será celebrado quando não for entendido. Mostra-te mais sábio e prudente do que requer aquele com quem tratas, para o conceito, mas com proporção, mais que por excesso. E se com os entendidos vale muito o siso em tudo, para a maioria é necessária a imponência. Não se há de dar lugar à censura, ocupando-os no entender. Elogiam muito o que quando questionados, não podem explicar. Por que? Tudo que é recôndito veneram por mistério e o celebram porque ouvem celebrá-lo.

254 – Não descuidar de um mal por ser pequeno.

Que nunca vem um só. Andam encadeados assim como as felicidades. Sorte e azar costumam ir aonde já se encontram; que todos fogem do desafortunado e se arrimam ao venturoso. Até as pombas com toda sua simplicidade acodem à torre mais branca. Tudo falta a um desafortunado: carece de si, da razão e de um norte. Não se há de despertar a desgraça quando dorme. Pouco é um deslizar, mas segue-se aquele fatal despenhar-se sem saber onde irá parar, pois assim como nenhum bem foi de todo cumprido, tampouco nenhum mal se acaba totalmente. Para o que vem do céu, paciência; para o que nem da terra, a prudência.

255 – Saber fazer o bem.

Pouco, e muitas vezes. Nunca se há de exceder o esforço à possibilidade. Quem dá muito, não dá, vende. Não se há de apurar o agradecimento, que, impossibilitado, quebrará a correspondência. Não é necessário mais para perder a muitos do que obrigá-los com demasia. Por não pagar suas obrigações se retiram e dão em inimigos. O ídolo nunca quer ver o escultor que o lavrou, nem o obrigado o seu benfeitor. Grande sutileza do oferecer, que custe pouco e se deseje muito, para que se estime mais.

256 – Estar sempre prevenido.

Contra os descorteses, os tenazes, os convencidos e todo gênero de tolos. Há muitos, a sensatez está em não encontrar-se com eles. Arme-se de propósitos diante do espelho todos os dias e assim vencerá os lances da tolice. Ponha-se de sobreaviso e não exporá a sua reputação a vulgares contingências: homem prevenido de sensatez não será combatido pela impertinência. É difícil acertar o rumo do humano trato, por estar cheio de bifurcações arriscadas; desvia seguro, consultando a astúcia de Ulisses.[36] Vale aqui o artificial descuido. Sobretudo, sê elegante, que é o único atalho do comprometimento.

---

[36] Ulisses ou Odisseu é o protagonista da epopeia grega *Odisseia*, atribuída ao poeta Homero. Ardiloso guerreiro, Ulisses venceu todos os obstáculos que se interpuseram em sua volta para casa.

257 – Nunca chegues ao rompimento.

Que sempre sai dele arruinada a reputação. Qualquer um vale para inimigo, não para o amigo. Poucos podem fazer bem e quase todos mal. Não se sentiu seguramente aninhada a águia no seio de Júpiter, no dia em que rompeu com um escaravelho. Com a capa do declarado irritam os dissimulados o fogo que estava à espera de ocasião. Dos amigos maltratados saem os piores inimigos; carregam com os defeitos alheios o próprio em seu rancor. Dos que te rodeiam, cada um fala como sente e sente como deseja, condenam, todos ou no início, por imprudência, ou no fim, pela espera. Se for inevitável o rompimento, seja desculpável, antes com a brandura do favor que com a violência do furor. E aqui cabe bem aquela boa retirada.

258 – Buscar quem lhe ajude a suportar as infelicidades.

Nunca será só, e menos nos riscos, que seria carregar todo o ódio. Preferem alguns enfrentar tudo e assim carregam toda a crítica. Desta sorte terá quem te escuse ou quem te ajude a levar o mal. Não se atrevem tão facilmente a atacar dois, nem a fortuna, nem a vulgaridade. E é por isso que o médico sagaz, que já que errou a cura, não erra em buscar quem, a título de consulta, o ajude a levar o ataúde: reparte-se o peso e o pesar, que o infortúnio a sós é duplamente intolerável.

259 – Prevenir as injúrias e fazer delas favores.

Mais sagacidade é evitá-las que vingá-las. É grande destreza fazer confidente do que havia de ser êmulo, converter em reparos de sua reputação os que a ameaçavam a tiros. Muito vale o saber obrigar: tira o tempo para o insulto o que o ocupou com o agradecimento. E é saber viver converter em prazeres o que haviam de ser pesares. Faça-se confidência da própria malevolência.

260 – Nem ser nem ter ninguém por todo seu.

Não são bastantes o sangue, a amizade, a obrigação que vai mais premente, diferença entre entregar o afeto ou a vontade. A maior união admite exceção; nem por isso se ofendem as leis da fineza. Um amigo sempre reserva algum segredo para si, e se recata em algo o próprio filho de seu pai. Algumas coisas calamos com uns e comunicamos a outros, e ao contrário, daí que revelemos tudo e calemos tudo, distinguindo os correspondentes.

261 – Não prosseguir na tolice.

Alguns insistem no desacerto, e porque começaram errando, lhes parece por bem prosseguir. Acusa o foro interno o seu erro, e externamente o escusam, que, se quando começaram as tolices pareciam inadvertidos, ao prossegui-las se confirmam como tolos. Nem a promessa irrefletida, nem a resolução errada induzem obrigação. Desta sorte, continuam alguns sua primeira grosseria e levam adiante sua torpeza: querem ser constantes impertinentes.

262 – Saber esquecer.

É mais dom que arte. As coisas que devem ser esquecidas são as mais lembradas. Traiçoeira é a memória para faltar quando mais necessária, como tola para acudir quando não convém. Prolixa no pesar e descuidada no prazer. Consiste às vezes o remédio para o mal esquecê-lo, e esquece-se o remédio. Convém, pois, dominar seus costumes, para que deixe de dar-nos a seu bel-prazer felicidade ou inferno. Excetuam-se os satisfeitos, que no estado de sua inocência gozam de sua simples felicidade.

263 – Muitas coisas de gosto não se hão de possuir.

Mais se goza delas alheias que próprias. No primeiro dia o prazer pertence ao dono, nos demais aos estranhos. Gozam-se as coisas alheias com dobrada fruição, isto é, sem o risco do dano e com o gosto da novidade. Todo o bom é ainda melhor quando somos privados: até a água alheia assemelha-se a néctar. O ter as coisas, além de diminuir a fruição, aumenta a contrariedade tanto de emprestá-las como de não emprestá-las. Não serve senão de mantê-las para outros, e são mais os inimigos que as cobram que os agradecidos.

264 – Não deixe teus dias ao azar.

Gosta a sorte de pregar uma peça e atropelará todas as contingências para pegar-te desprevenido. Sempre hão de estar à prova o engenho, a sensatez e a coragem. Até a beleza, porque o dia de tua confiança será o de teu descrédito. Com frequência falta o cuidado quando mais o necessitas, que o não pensar é a rasteira do perecer. A atenção alheia usa de estratagemas para pegar ao descuido nossas perfeições para rigorosa apreciação e exame. Conhecendo os dias da ostentação e perdoá-los a astúcia, mas o dia que menos se esperava, esse escolhe para pôr à prova.

265 – Saber responsabilizar os dependentes.

Um empurrão na hora certa transformou pessoas em mitos, assim como um afogamento faz nadadores. Desta sorte descobriram muitos a coragem e ainda o saber, que ficaria sepultado em seu encolhimento se não se houvesse oferecido ocasião. São os apertos lances de reputação, e posta em jogo a honra do nobre, age por mil. Soube em profundidade esta lição do esforçar-se a Católica Rainha Isabel,[37] assim como todas as demais. E a este político favor deveu o Grande Capitão seu renome e outros muitos sua eterna fama: fez grandes homens com esta sutileza.

---

[37] Rainha da Espanha entre os anos 1474 a 1504. No reinado da rainha Isabel de Castela e de seu marido, o rei Fernando de Aragão, os chamados reis católicos, houve a unificação dos diversos reinos ibéricos sob a sua coroa com o consequente surgimento da Espanha.

266 – Não ser mal de tão bom.

Assim é quem nunca se molesta: têm pouca personalidade e são insensíveis. Não nasce sempre da insensibilidade, mas da incapacidade. Uma emoção na ocasião certa é ato pessoal. Até as aves troçam dos espantalhos. Alternar o acre com o doce é prova de bom gosto: apenas doçura é para crianças e tolos. Grande mal é perder-se por bondade neste sentimento de insensibilidade.

267 – Palavras de seda, com suavidade de condutas.

As flechas atravessam o corpo, mas as más palavras a alma. Um bom caramelo faz com que cheire bem a boca. Grande sutileza do viver é saber vender o ar. O resto se paga com palavras e bastam elas para resolver as dificuldades. Negocia-se o ar com o ar e incentiva muito o vigor soberano. Sempre se há de levar a boca cheia de açúcar para confeitar as palavras, e assim seduzir os inimigos. O único meio para ser amável é o ser aprazível.

268 – O sensato faz no princípio o que o tolo deixa para o final.

Fazem o mesmo um e outro. Só se diferenciam nos tempos: aquele com sua razão e este sem ela. Quem calça desde o início o entendimento às avessas, em tudo o mais prossegue deste modo: leva entre os pés o que havia de pôr sobre a cabeça. Faz canhota a destra e assim é desajeitado em seu proceder. Daí já se tira a sua conta. Fazem por força o que poderiam ter feito de bom grado. Mas o discreto cedo ou tarde vê o que se há de fazer e executa com gosto e reputação.

269 – Valha-se das novidades.

Que enquanto for novo, será estimado. Mas a variedade é melhor que a novidade em toda parte. O gosto geral refresca-se mais com ligeiras trocas que com rupturas extremas nos costumes. Desgastam-se os cumes e envelhecem. Saiba que durará pouco a glória da novidade: em poucos dias lhe perderão o respeito. Saiba, pois, valer-se dessas primícias da afeição e farás com que te estimem; porque se passa o calor do novo, resfria-se a paixão e o agrado se tornará aborrecido costume. Cuida que tudo teve também sua vez, e que passou.

270 – Não ser o único a condenar o que a muitos agrada.

Algo há de bom, pois satisfaz a tantos; e ainda que não se explique, se goza. A singularidade sempre é detestável e quando errônea, ridícula. Antes se desacreditará teu mau conceito que o objeto; ficarás só com o teu mau gosto. Se não sabe topar com o bom, dissimule sua pequenez e não condene a maioria, que o mau gosto ordinariamente nasce da ignorância. O que todos dizem ou é ou quer ser.

271 – O QUE SABE POUCO QUE SIGA O CAMINHO MAIS SEGURO.

Em toda profissão, que ainda que não lhe tenham por arguto, o terão por fundamental. O que sabe pode se expor deixando ousar a fantasia, mas saber pouco e arriscar-se é voluntário precipício. Atenha-se à mão direita, que não falha o experimentado. Para o pouco saber, o caminho conhecido. É a lei do saber como a do ignorar: mais sensata a segurança que a singularidade.

272 – VENDER AS COISAS A PREÇO DE CORTESIA.

Que é obrigar mais. Nunca a petição do interessado alcançará o oferecimento do generoso, ainda que obrigado. A cortesia não dá, senão obriga, e é a elegância a maior obrigação. Não há coisa mais cara para o homem de bem que aquilo que graciosamente recebe: é vender duas vezes e a dois preços, o do valor e o da cortesia. Verdade é que para o medíocre é ininteligível a elegância, porque não entende os termos do bom termo.

273 – COMPREENDER O GÊNIO DAQUELES COM QUEM TRATAMOS.

Para conhecer os intentos. Conhecida a causa, se conhece o efeito, e também nela o motivo. O melancólico sempre vaticina infelicidade, e o maledicente culpas. Sempre pensam o pior e não percebendo o bem presente, anunciam o possível mal. O apaixonado sempre fala com outra linguagem diferente do que as coisas são; fala nele a paixão, não a razão. E cada um segundo seu afeto ou ânimo. E todos muito distantes da verdade. Saiba decifrar um semblante e soletrar a alma nos sinais. Nota que o que sempre ri é tolo e o que nunca o faz, falso. Evita o questionador, ou por fácil ou por exibido. Espere pouco daqueles de mau gesto, que costumam vingar-se da natureza, porque ela pouco os honrou. Tanta costuma ser a tolice quanto a formosura.

274 – SER ATRAENTE.

Que é um feitiço politicamente cortês. Sirva o gesto galante mais para atrair vontades que utilidades, ou para tudo. Não bastam méritos se não se valem do agrado. Isto é o que faz brotar o aplauso, o mais prático instrumento de soberania. Cair nas graças é sorte, mas socorrer-se da cortesia é sensato, que onde há graça natural assenta ainda melhor o artifício. Daqui se origina a pia afeição até conseguir a graça universal.

275 – NATURAL, MAS NÃO VULGAR.

Não seja sempre formal e ríspido: é ramo da elegância. Há de se ceder em algo ao decoro para ganhar a afeição comum. Alguma vez pode misturar-se aos demais; mas sem indecência, que quem é tido por tolo em público não será tido por sensato em segredo. Mais se perde em um dia de excessos do que se ganhou em toda a seriedade. Mas não se há de estar sempre em exceção: o ser singular é condenar os outros. Ainda menos demonstrar melindres, que estes só cabem no feminino: mesmo os espirituais são ridículos. O melhor de um homem é parecê-lo; que a mulher pode afetar com perfeição o varonil, mas não o contrário.

276 – Saber renovar o gênio com natureza e arte.

De sete em sete anos dizem que se muda a condição: que seja para melhorar e realçar o gosto. Aos primeiros sete entra a razão; entre depois, a cada lustro, uma nova perfeição. Observe esta variedade natural para ajudá-la e espere também dos outros a melhoria. Daí é que muitos mudem de porte, ou com o estado, ou com o emprego. Nem sempre se nota de pronto, até que se torna evidente a mudança. Aos vinte anos, será pavão; aos trinta, leão; aos quarenta, camelo; aos cinquenta, serpente; aos sessenta, cão; aos setenta, macaco; e aos oitenta, nada.

277 – Homem de ostentação.

É a luz dos talentos. Há um momento para cada um. Aproveite que não se triunfa todos os dias. Há sujeitos bizarros em quem o pouco brilha muito, e o muito faz admirar. Quando a ostentação se junta com a superioridade, passa por prodígio. Há nações que sabem ostentar e a espanhola o faz com superioridade.[38] A luz faz brilhar toda a criação. A ostentação preenche e a tudo dá uma segunda existência, sobretudo quando a realidade afiança. O céu, que dá a perfeição, nos previne que a ostentação de *per si* é violenta. É preciso arte no ostentar: ainda o excelente depende de circunstâncias e não tem sempre vez; se sai mal quando inoportuno. Nenhum realce pede ser menos artifícial e perece sempre deste gracejo, porque está muito próximo da vaidade, e esta do desprezo. Deve a ostentação ser temperada para não ser vulgar, e entre os sábios está algo desacreditada por sua demasia. Consiste às vezes mais em uma eloquência muda, em um mostrar a perfeição ao descuido; que o sábio dissimular é o mais plausível alarde, porque a privação desperta a curiosidade. Grande destreza não dar mostra de toda a perfeição de uma vez, senão pouco a pouco. Pintando e sempre insinuando; que um realce seja premissa de outro maior, e o aplauso do primeiro, nova expectativa dos demais.

---

[38] Aqui convém considerar o momento que coube a Baltasar Gracián viver: o Século de Ouro espanhol. Tal época estendeu-se, aproximadamente, de 1550 a 1650, e corresponde ao apogeu da cultura espanhola. É este um momento cimeiro do projeto imperial espanhol de dinastia católica, no qual coincidem diferentes realizações vinculadas a toda ordem do viver. O enorme desenvolvimento do modelo colonial, o apogeu econômico e o surgimento dos mais aquilatados artistas — Velázquez, Góngora, Cervantes, Lope de Vega — para não falar de inúmeros outros expoentes relacionados às mais diversas áreas do saber. Não se exclui deste rol, evidentemente, a figura do próprio Gracián; teólogo, filósofo e eminente escritor conceptista.

278 – Não se fazer notar.

Que, em sendo notado, serão defeitos os mesmos realces. Nasce isto da singularidade, que sempre foi censurada; fica isolado o singular. Ainda o lindo, se sobressai, é desprestígio. Em fazendo reparar, ofende, sobretudo as singularidades diminutas. Até pelos vícios querem alguns ser conhecidos, buscando maus modos para conseguir tão infame fama. Até no sábio o exagero degenera em palavrório.

279 – Não fazer dito do contradito.

É preciso diferenciar quando procede da astúcia ou da trivialidade. Nem sempre é pertinácia, às vezes é artifício. Atenção, pois, para não empenhar-se numa nem desabar na outra. Não há cuidado mais urgente que com espiões, e contra a gazua do pensamento não há melhor contra artimanha que o deixar por dentro a chave do recato.

280 – Homem de lei.

Está acabado o bom proceder, andam desmentidas as obrigações, há poucas contrapartidas boas. Ao melhor serviço, o pior galardão, assim fazem todos. Há nações inteiras inclinadas ao maltrato: de umas se teme a traição; de outras, a inconstância; e de outras, o engano. Sirva, pois, a má equivalência alheia, não para imitação, senão para cautela. É o risco de distorcer a inteireza a visão do mal proceder. Mas o homem probo nunca se esquece de quem é por conta do que os outros são.

281 – Cair nas graças dos entendidos.

Mais se estima o indiferente *sim* de um homem singular que todo um aplauso comum, porque aparas de arestas não animam. Os sábios falam com o entendimento e assim seu elogio causa imortal satisfação. O sensato Antígono[39] reduziu sua plateia a Zenão,[40] e Platão[41] considerava Aristóteles[42] toda a sua escola. Ocupam-se alguns só de encher o estômago, ainda que seja de capim vulgar. Até os soberanos fazem reverência aos que escrevem, e temem mais suas plumas do que as feias os pincéis.

282 – Valer-se da ausência.

Para o respeito ou para a estima. Se a presença diminui a fama, a ausência a aumenta. O que ausente foi tido por leão, presente foi ridículo camundongo. Desgastam-se as virtudes pelo atrito, porque se vê antes a crosta do exterior que a muita substância da alma. A imaginação domina a vista e o engano, que entra pelo ouvido, e vem sair pelos olhos. Aquele que se conserva discreto, conserva a reputação. Mesmo a Fênix se vale do retiro para o decoro e do desejo para o apreço.

---

[39] Antígono II — Gonatas, rei da Macedônia.
[40] Zenão de Cítio, filósofo grego pertencente à escola estoica.
[41] Filósofo grego do período clássico. Discípulo de Sócrates, foi, juntamente com este seu maior discípulo e o fundador da filosofia ocidental.
[42] Maior discípulo de Platão, Aristóteles foi o preceptor de Alexandre, o Grande e, em conjunto com seus antecessores, alicerçou o pensamento do Ocidente.

283 – Invenção e bom senso.

Mostra excesso de engenho. Mas quem o será sem um toque de loucura? A invenção é dos engenhosos, a boa eleição dos prudentes. É também um dom, e mais raro, porque o eleger bem conseguiram muitos; o inventar bem, poucos, e os primeiros em excelência e em tempo. É atraente a novidade, e se feliz, realça o bom em dobro. Nos assuntos do juízo é perigosa pelo paradoxo, nos do engenho, louvável; e se acertadas, uma e outra são dignas de aplauso.

284 – Não ser intrometido.

E não serás ofendido. Estime-se, se quiser que te estimem. Seja antes avaro que desprendido de si. Chegues desejado e serás bem recebido. Nunca venha senão quando chamado, nem vá senão quando enviado. O que se empenha por si, se erra, carrega todo o ódio sobre si; e se acerta, não consegue o agradecimento. É o intrometido objeto de desprezo, e assim como se intromete sem pudor, é descartado em burburinho.

285 – Não perecer do infortúnio alheio.

Conheça o que está no lodo e note que te reclamará para fazer consolo do recíproco mal. Buscam quem lhes ajude a carregar o infortúnio, e agora te dão a mão os que na prosperidade davam as costas. É preciso grande tento com os que se afogam para acudir ao remédio sem perigo.

286 – Não se deixar obrigar de tudo, nem de todos.

Que será escravo e comum. Nasceram uns mais afortunados que outros, aqueles para fazer bem e estes para recebê-los. Mais preciosa é a liberdade que a dádiva, porque se perde. Melhor que dependam de ti muitos, que tu de apenas um. Não tem outra comodidade o mando senão o poder fazer um bem maior. Sobretudo, não considere favor a obrigação em que te puseste, pois disto diligenciará a astúcia alheia para prevenir-te.

287 – Nunca agir movido pela paixão.

Tudo errará. Não aja por si quem não está em si, que a paixão sempre desterra a razão. Deixe que te substitua então um terceiro prudente, que o será, se desapaixonado: sempre veem mais os que olham que os que jogam, porque não se apaixonam. Em se conhecendo alterado, bata em retirada para que não acabe de subir-te o sangue, que todo executará sangrento e, em pouco tempo, dará matéria para muitos dias de confusão tua e burburinho alheio.

288 – Viver como pede a ocasião.

O governar, o argumentar, tudo tem a sua hora. Querer o possível, que a oportunidade e o tempo a ninguém aguardam. Não siga regras no viver, exceto aquelas em favor da virtude, nem ordene leis precisas ao querer, que haverá de beber amanhã da água que despreza hoje. Há alguns tão caprichosos, que pretendem que todas as circunstâncias do acerto se ajustem à sua mania, e não ao contrário. Mas o sábio sabe que o norte da prudência consiste em comportar-se segundo a ocasião.

289 – O maior descuido de um homem.

Dar mostras de que é homem. Deixam de tê-lo por divino o dia que o veem muito humano. A leviandade é o maior contraste da reputação. Assim como o homem recatado é tido por mais que homem, assim o leviano por menos que homem. Não há vício que mais desautorize, porque a leviandade se opõe frente à gravidade. Homem leviano não pode ser de substância, e mais se for ancião, dado que a idade o obriga à sensatez. E com ser este descuido de muitos, não quita o estar singularmente incorreto.

290 – É felicidade juntar o apreço ao afeto.

Não ser muito amado para conservar o respeito. Mais atrevido é o amor que o ódio; afeição e veneração não andam bem juntas; e ainda, não se há de ser muito temido nem muito querido. O amor introduz a naturalidade e ao passo que esta entra, sai a estima. Seja amado antes por apreço que por afeto, que assim é com os grandes homens.

291 – Saber testar a outrem.

Concorrer a atenção do ajuizado com a ponderação do recatado: grande juízo se requer para medir o alheio. Mais importa conhecer os gênios e o caráter das pessoas que das ervas e pedras. Ação é esta das mais sutis da vida: pelo som se conhecem os metais e pelo falar as pessoas. As palavras mostram a inteireza, mas muito mais os feitos. Aqui é preciso o extravagante reparo, a observação profunda, a sutil nota e a ajuizada crítica.

292 – Excedam os dotes naturais às obrigações do trabalho.

E não o contrário. Por grande que seja o posto, há de se mostrar que é maior pessoa. Um talento com reservas vai se dilatando e ostentando mais a cada tanto. O de coração estreito é facilmente atingido e a obrigação quebranta a reputação. Orgulhava-se o grande Augusto[43] de ser maior homem que o príncipe. Aqui vale a alteza de ânimo e a confiança segura de si.

293 – Da maturidade.

Resplandece no exterior, mas nos costumes mais. O peso material faz precioso o ouro e o moral a pessoa. É a dignidade dos dons, causando veneração. A compostura do homem é a fachada da alma. Não

---

[43] Caio Júlio César Otaviano Augusto foi o primeiro imperador romano.

é tolice o sossegar-se, como quer a ligeireza, senão o sossego da autoridade. Sábias sentenças e exemplares obras. Supõe um homem muito feito, porque tanto tem de personalidade como de maturidade. Em deixando de ser criança, começa a ser grave e com autoridade.

294 – Moderar as opiniões.

Cada um faz conceito segundo sua conveniência e abunda de razões em sua apreensão. A emoção arrasta e domina as ideias. Acontece o confronto entre dois homens e cada um presume de sua parte a razão; mas ela, fiel, nunca soube ter duas caras. Proceda o sábio com reflexão em tão delicado ponto, e assim a própria dúvida reformará a qualificação do proceder alheio. Ponha-se talvez do outro lado, examina ao contrário os motivos. Com isto, nem condenará a ele, nem se justificará a si tão às cegas.

295 – Não ser fanfarrão, senão heroico.

Muito ostentam os que menos têm. De tudo fazem mistério, com a maior frieza: camaleões do aplauso, que provocam riso. Sempre foi desagradável a vaidade, mas aqui risível: andam mendigando façanhas as formiguinhas da honra. Mostre menos suas maiores virtudes. Contente-se com fazer e deixe para outros o dizer. Dê as façanhas, não as venda. Não alugue plumas de ouro para que escrevam lodo provocando asco na sensatez. Aspire antes a ser heroico que a somente parecê-lo.

296 – Homem de virtudes majestosas.

Elevadas virtudes fazem grandes homens. Uma superior equivale a todas as de mediano alcance. Há quem queira que todas as suas coisas sejam grandes, até os usuais adornos domésticos. Melhor que se aspire a ter grandes dons: não no corpo, mas na alma. Em Deus tudo é infinito, tudo imenso; assim, em um herói, tudo há de ser grande e majestoso, para que se revistam de uma transcendente, grandiosa majestade.

297 – Agir sempre como se te observassem.

O homem cauteloso sabe que é ou será visto. Sabe que as paredes têm ouvidos e que o mal feito sempre vem à luz. Mesmo só, age como se estivesse diante de todos, porque sabe que tudo se saberá. Já olha como a testemunhas aos que, pela notícia, o serão depois. Não receia que possam de fora olhar a sua casa, posto que deseja que todo o mundo o veja.

298 – Três coisas fazem um prodígio.

E são o dom máximo da suma liberalidade: engenho fecundo, juízo profundo e gosto relevantemente agradável. Grande vantagem é raciocinar bem, mas ainda maior o argumentar bem e aplicar o bom entendimento. O engenho não há de estar no calcanhar, que seria mais laborioso que agudo. Pensar bem é o fruto da racionalidade. Aos vinte anos reina a vontade; aos trinta, o engenho; aos quarenta, o juízo. Há entendimentos iluminados, como os olhos do lince, e na maior escuridão raciocinam mais; instantâneos, sempre percebem as oportunidades. Felicíssima fecundidade, pois o bom gosto arrazoa toda a vida.

299 – Deixar com fome.

Há de se deixar nos lábios o néctar. É o desejo a medida da estima: até a material sede é ardil de bom gosto aplacar, mas nunca acabar. O bom, se pouco, duas vezes bom. É grande o interesse da segunda vez: saciedades de agrado são perigosas, que ocasionam desprezo a mais eterna virtude. Única regra do agradar: aguçar o apetite com a fome que ficou. Se for para irritar, que seja antes por impaciência do desejo que por tédio da fruição: a espera faz o prazer dobrado.

300 – Em uma palavra: santo.

Que é dizer tudo de uma vez. É a virtude elo de todas as perfeições, centro das felicidades. Ela faz um sujeito prudente, atento, sagaz, sensato, sábio, valoroso, discreto, inteiro, feliz, admissível, verdadeiro e universal herói. Três "esses" o fazem afortunado: saudável, sábio e santo. A virtude é o sol do mundo, e tem por hemisfério a boa consciência. É tão formosa, que ganha a graça de Deus e das pessoas. Não há coisa amável senão a virtude, nem aborrecida senão o vício. A virtude é coisa verdadeira; todo o demais, zombaria. A capacidade e a grandeza se haverão de medir pela virtude, não pela fortuna. Ela se basta. Vivo o homem, o faz amável; e morto, memorável.

Baltasar Gracián

Era oito de janeiro do ano de 1601. Nasceu o escritor Baltasar Gracián y Morales no pequeno povoado aragonês de Belmonte, hoje Belmonte de Gracián em sua homenagem. Sua obra imersa nas coordenadas culturais de uma Espanha barroca e contra reformista,[1] tal como foi a Espanha de seu tempo, não padece o confinamento das antigas e empoeiradas estantes; antes, reveste-se de transcendência universal e, se contemplada em conjunto, configura-se uma espécie de *summa* da literatura barroca espanhola.

A infância pouco conhecida do escritor parece haver transcorrido entre sua terra natal e a cidade de Toledo, em meio aos colégios jesuítas, nos quais estudou latim, lógica, filosofia e, posteriormente, teologia. Ordena-se sacerdote em 1627 e passa a lecionar em colégios jesuítas, transitando ao longo de sua jornada por uns poucos destinos, todos eles em terras espanholas: Calatayud, Valência, Lérida, Gandía, Huesca,

---

[1] A chamada Contrarreforma ou Reforma Católica foi, de um lado, uma ofensiva da Igreja Católica como forma de reação à Reforma Protestante surgida no seio do Cristianismo, em torno dos séculos XV e XVI. Contudo, pode ser vista também como um movimento de regeneração ideológica e moral da Igreja de Roma, cujo início se deu em terras espanholas, ainda na segunda metade do século XV e que culminaria com o Concílio de Trento (1545 a 1563).

Madri, Pamplona e Sagunto. Nos dez primeiros anos do exercício de seu sacerdócio circulou pela Catalunha e por Valência, onde lecionou, acolheu soldados, mas também fez inimizades no universo monástico.

Em 1636 volta para Aragão cujo ambiente político, naquele momento, se manifestava sob a forma de um intenso patriotismo hispânico monárquico herdado dos tempos dos Reis Católicos Isabel de Castela e Fernando de Aragão (séc. XV). É por essa época que trava estreita amizade com Vicencio Juan de Lastanosa, homem pertencente à nobreza de Aragão e que se tornaria seu mecenas. Data deste período seu contato com a intelectualidade aragonesa e a publicação de sua primeira obra: *El Héroe* (1637), dedicada ao Rei Felipe IV e já moldada por seu entusiasmo e apreço pelo homem exemplar. Nesta pequena obra, que pode ser compreendida como uma espécie de manual de conduta política, já se fazem notar as linhas de pensamento que caracterizariam todo o pensamento e obra de Gracián, vinculadas ao exercício individual do juízo e da prudência, bem como seu estilo didático e filosófico.

Nos anos seguintes, segue para Zaragoza como confessor do vice-rei de Aragão e, em seguida, para Madri, onde desenvolverá seu lado mais desenganado e pessimista — tão caro ao espírito barroco, ao deparar-se com uma sociedade hostil, vil e decadente. Corre o início da década de 1640 e o jesuíta publica *El político*. Dois anos depois publica *Arte de ingenio, tratado de la agudeza*. Na primeira, se evidencia a reflexão ética e política — sempre referida à ação

— presente nos escritos e na moral de Gracián.[2] A segunda aborda questões relativas à estética, que serão posteriormente reelaboradas em outra obra de igual natureza, *Agudeza y arte del ingenio*, de 1648.

Em 1646 publica *El Discreto*. Pensador da vida humana, Baltasar Gracián procurou fundir ética e estética em seus tratados de filosofia moral. Seu conceptismo baseado nas sentenças breves, concentradas e carregadas de significado pode ser lido como um tratado da estética barroca. Mas não, evidentemente, o do mero prodígio das imagens retóricas. Para Gracián o conceito, em sua beleza e plenitude, corresponde ao âmbito da reflexão, diferenciando-se da mera figura de linguagem. Seu conceptismo está associado a uma arte dos significados na qual forma e fundo estão indissoluvelmente unidos, dado que representam o processo de pensamento. Daí que *El Discreto*, como o próprio título anuncia, seja uma reflexão a propósito do conceito ou valor humano da discrição.

O ano de 1647 esteve consagrado à publicação de *Oráculo Manual y Arte de Prudencia*, que aqui se traduz para o português do Brasil. Obra de maior popularidade do jesuíta no transcurso do tempo, em todas as épocas e línguas recebeu inúmeras traduções. *Oráculo*

---

[2] Se pouco se sabe dos dados biográficos de Baltasar Gracián, por um lado, por outro se pode considerar sempre sua formação inaciana nos intramuros da Companhia de Jesus, no intento de melhor conhecer seu temperamento e formas de pensar. Diz Santo Inácio de Loyola, fundador da congregação Companhia de Jesus: "O amor deve consistir mais em obras que em palavras". Assim, parece emanar do pensamento inaciano uma espécie de razão prática, mas ao mesmo tempo muito cristã, que Baltasar coloca como meta aos indivíduos em sua filosofia moral.

de bolso e arte da prudência se constitui numa coleção de 300 aforismos que resultam em uma filosofia para a vida, tal como propunha Sêneca.[3] Daí Gracián tê-lo nomeado *Oráculo*: trata-se de um livro de consultas. Estes aforismos se nutrem das fontes bíblicas, das fontes humanísticas, bem como dos chamados *Ejercicios Espirituales* de Santo Inácio de Loyola.[4]

É forçoso notar que o escritor aragonês era possuidor de enorme erudição, herdada da educação humanística recebida ao longo dos anos nos colégios da Companhia de Jesus — Sêneca e Santo Inácio de Loyola, como já dito, foram duas de suas importantes leituras — e do convívio com o brilho da intelectualidade aragonesa de seu tempo; bem como, uma vocação para a tradição escolástica, cuja ênfase recaía sobre as formas dialéticas de reflexão tão presentes em obras como *El Criticón* ou mesmo no *Oráculo*. Mas é sobretudo no campo da inovação da linguagem, e da articulação entre vida, pensamento e literatura, que Baltasar Gracián se destaca.

---

[3] O filósofo romano Lúcio Aneu Sêneca foi uma importante influência na obra de Gracián. Sêneca foi, antes de tudo, um filósofo da ética. Mas não é só neste campo que Sêneca iria marcar Gracián: também é do filósofo romano que Gracián herda o estilo conciso, retórico, epigramático e metafórico, sempre tão presente em sua obra, e em particular no *Oráculo*.

[4] Tenha-se em conta, por exemplo, que na tradição judaico-cristã, católica e jesuítica, a prudência, bem como outras formas de comportamento, é algo a que se atribui enorme valor. Não seria de outra forma o que dizem os Dez Mandamentos, por exemplo. Mas, eis aqui um conceito de enorme importância para o homem barroco espanhol.

Seu pensamento vital, caracterizado pela agudeza do conceito, da palavra e da ação,[5] é inseparável da circunstância de uma Espanha decadente e em transformação, e reflete a luta interna de um cristão devotado à vida religiosa vivendo em um mundo cada dia mais secularizado. Nesta medida, Gracián é o espelho do homem barroco que vive a tensão surgida entre o divino e o humano.

Os anos de 1650 foram prolíficos. Já experimentado e maduro, Baltasar Gracián se dedicou durante quase toda a década à obra *El Criticón*. Pertencendo ao campo da fabulação[6] e não ao da prosa didático--filosófica, sua obra maior, *El Criticón*, foi publicada em 3 partes: a primeira em 1651, a segunda em 1653 e a terceira e última parte em 1657. A obra possui um caráter alegórico e se caracteriza por uma soma de gêneros e estilos de difícil classificação, mas que a colocam no seleto grupo das grandes obras universais.

Há uma circunstância que não pode deixar de ser mencionada: ao longo de sua produção como escritor, Gracián não publicou com seu nome. Usava um pseudônimo, Lorenzo Gracián, na verdade nome de um de seus irmãos; e vez por outra utilizou um anagrama de seu nome, García de Marlones. Por não abordar uma temática estritamente vinculada ao universo eclesiástico ou religioso, Gracián não pôde publicar

---

[5] Segundo a perspectiva de Gracián, a agudeza teria uma função lógica que estaria ligada à força do conceito, uma função estética que se vincularia à esfera verbal (daí sua predileção pela sentença) e uma função moral que diz respeito às ações humanas.

[6] Enredo ou trama teatral ou romanesca.

vários de seus livros com seu verdadeiro nome, dado que a Ordem Jesuítica não permitia. A única obra que publicou usando seu nome verdadeiro e para a qual obteve autorização da Companhia de Jesus foi *Comulgatorio*, de 1655. Mas esta mantinha vínculos com o mundo da Igreja. Aquelas que foram publicadas sem o consentimento da Igreja foram descobertas, e com isso, Baltasar Gracián sofreu penalidades impostas pela Companhia de Jesus.

Em função dessas publicações "desautorizadas", a princípios de 1658 recebeu da Ordem Jesuítica uma repreensão pública com jejum de pão e água, foi destituído de sua Cátedra e enviado a um pequeno colégio. Desconsolado com a situação, solicita permissão para passar a outra Ordem, o que não chega a ocorrer. Baltasar Gracián faleceu nesse mesmo ano, aos seis de dezembro.

Adriana Junqueira Arantes

Bibliografia

GRACIÁN, B. **Oráculo manual y arte de prudencia**. Madrid: Cátedra, 2009.

_____. **El discreto**. Madrid: Alianza, 1997.

ALBORG, J.L. "Grandes prosistas del Barroco: Gracián, Saavedra Fajardo". In: **Historia de la literatura española**. II: Época barroca. Madrid: Gredos, (2a ed.).

HIDALGO-SERNA, E. "El humanismo retórico y político de Cervantes y Gracián."

LAPESA, R. **Historia de la lengua española**. Madrid: Gredos, 9a ed.

_____. "Comentario lingüístico y literario de algunos fragmentos de El Criticón". In: **Gracián hoy**. Madrid: Gredos, 1995.

PEDRAZA, F.B. y RODRIGUEZ, M. "Conceptismo y culteranismo". In: **Manual de Literatura Española**. III. Barroco: Introducción, prosa y poesía. Pamplona: Estella-Pamplona, 1980.

PRADO GALÁN, G. **Agudeza y Arte de ingenio**. Cd. México: UNAM, 1996.

RUIZ GARCÍA, Cl. **Estética y doctrina moral en Baltasar Gracián**. Cd. México: UNAM, 1998.

SOBEJANO, G. "Gracián y la prosa de ideas".In: Fco. Rico (dir.), **Historia y crítica de la literatura española.** Barcelona: Crítica, III.

SOTO RIVERA, R. "Ocasión y fortuna en Baltasar Gracián."

Sobre a tradutora

Adriana Junqueira Arantes é tradutora de espanhol desde 1999 e já traduziu Miguel Ángel Asturias, Horacio Quiroga, Ángel Rama e Federico García Lorca. Sua trajetória editorial inclui as editoras Martin Claret, Manole, Labortexto, Boitempo, Eduneb, Rideel e Fundação Memorial da América Latina. Além disso, atua como organizadora de livros, prefaciadora, autora de material didático, redatora lexicográfica e docente de Letras/Espanhol nas disciplinas relacionadas às literaturas em língua espanhola.

© *Copyright* desta tradução: Editora Martin Claret Ltda., 2013.

DIREÇÃO
Martin Claret

PRODUÇÃO EDITORIAL
Carolina Marani Lima / Mayara Zucheli

DIREÇÃO DE ARTE E CAPA
José Duarte T. de Castro

DIAGRAMAÇÃO
Giovana Quadrotti

REVISÃO
Fernanda Pereira / Imira Regazzini

IMPRESSÃO E ACABAMENTO
Ipsis Gráfica e Editora

Este livro segue o novo Acordo Ortográfico da Língua Portuguesa.

Dados Internacionais de Catalogação na Publicação (CIP)
(Câmara Brasileira do Livro, SP, Brasil)

Gracian y Morales, Baltasar, 1601-1658.
  Oráculo de bolso e arte da prudência / Baltasar Gracián y
Morales; tradução Adriana Junqueira Arantes. — São Paulo:
Martin Claret, 2023.

Título original: Oraculo manual y arte de prudencia.
I. Literatura espanhola I. Título

ISBN 978-65-5910-255-6

23-147169   CDD-863

Índices para catálogo sistemático:

1. Literatura espanhola   863
Eliane de Freitas Leite – Bibliotecária – CRB-8/8415

EDITORA MARTIN CLARET LTDA.
Rua Alegrete, 62 – Bairro Sumaré – CEP: 01254-010 – São Paulo, SP
Tel.: (11) 3672-8144 – www.martinclaret.com.br
Impresso – 2023

CONTINUE COM A GENTE!

- Editora Martin Claret
- editoramartinclaret
- @EdMartinClaret
- www.martinclaret.com.br